意味がわかるとゾッとする話　3分後の恐怖《きょうふ》

まえぶれ

まえぶれ

意味がわかるとゾッとする話　3分後の恐怖《きょうふ》

まえぶれ

「まえぶれ」それはこれから起こる事柄《ことがら》について、
前もって告《つ》げ知らせること。
そしてそれは、
決して良いことばかりとは限《かぎ》らないのです・・・。

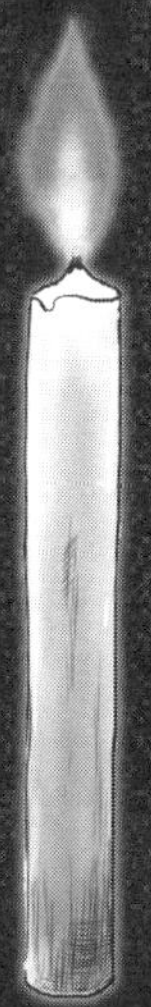

わたしと友人は、夕暮《ゆうぐ》れの公園で、買ったばかりの缶《かん》コーヒーを飲みながら、とりとめのないおしゃべりをしていた。

空は夕焼けで鮮《あざ》やかな赤紫《あかむらさき》色に染《そ》まり、残陽に雲が輝《かがや》いている。

と、風もないのにブランコが揺《ゆ》れはじめ、誰《だれ》かが忘《わす》れていった子ども用のペダルカーが円を描《えが》きながら走り出した。

周囲《しゅうい》からは音が消えて耳が痛《いた》いほどの静寂《せいじゃく》が訪《おとず》れる。

とっさに目を閉《と》じて、耳を押《お》さえるが、しばらくすると感覚が戻《もど》ってきた。

恐《おそ》るおそる目を開けると、さっきまで誰《だれ》もいなかったはずの公園に、走りまわる子どもたちの笑い声が響《ひび》いている。

突然《とつぜん》子どもたちの動きが止まり、一斉《いっせい》にわたしの方を向く。

子どもたちの顔に目はなかった。
口だけを大きく開いてケラケラと笑う。
隣《となり》に座《すわ》っている友人もわたしの方を向いてケラケラと笑った。
同じように目のない顔で。

わたしの手から落ちたコーヒーの缶《かん》が音を立てて地面に転《ころ》がる。
その一瞬《いっしゅん》で公園も友人の顔も、元に戻《もど》っていた。
ほどなくして、公園の周辺で不可解《ふかかい》な事故《じこ》や火事が続いていると言う噂《うわさ》を聞いた。

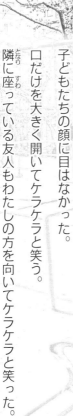

誰《だれ》もいない公園に一瞬《いっしゅん》訪《おとず》れた静寂《せいじゃく》。
そして目の前で走り回るこの世のものではない子どもたち。
この時公園は明らかに悪意に満ちた空間へと姿《すがた》を変えました。
これから起こる不幸のまえぶれとして。

山のバス停《てい》

利用者が少ない路線バスが次々と廃止《はいし》になっていき、
都会からちょっと離《はな》れた地域《ちいき》でも
自家用車がないと不便《ふべん》な場所が増《ふ》えました。
もう来ることのないバスを待つバス停《てい》は、とても寂《さび》しそうに見えます。

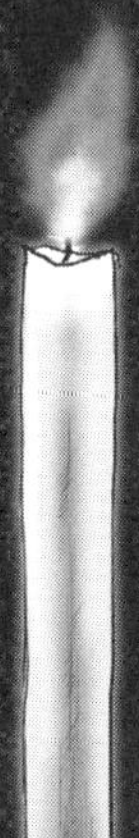

夏休みを利用して、大学の友人の実家へお邪魔《じゃま》することになった。

彼《かれ》の故郷《こきょう》は、人里離《はな》れた山の中にある。

新幹線《しんかんせん》と在来線《ざいらいせん》を乗り継《つ》いで到着《とうちゃく》したのは、寂《さび》れた無人駅だった。

あたりはすっかり暗くなり、駅にかかった時計はすでに夜の九時を指している。

もちろん、駅に他の客の姿《すがた》はない。

駅前の小さなロータリーにあるバス停《てい》で、うつむきがちに立っている男性《だんせい》が一人。

短いクラクションが聞こえて、少し離《はな》れた場所に停《と》まっていたワゴン車から友人が降《お》りてきた。

運転席の友人のお父さんに挨拶《あいさつ》をして、ワゴン車に乗り込《こ》んだ。

車の中で改《あらた》めてお礼《れい》を言うと、友人の父親は山道のカーブでハンド

ルをきりながら
「昔《むかし》は一時間に一本バスが走ってたんだが。二十年くらい前に廃止《はいし》になって以来、どんどん不便《ふべん》になってね」

あれ？　駅前のバス停《てい》に立ってた男性《だんせい》は何をしていたんだろう？

そうか、迎《むか》えに来てくれる相手との待ち合わせ場所だったんだな。

何度目かのカーブを曲がると、古いバス停《てい》がライトに浮《う》かび上がる。

そしてうつむきがちに立っている男性《だんせい》の姿《すがた》。

駅前にいた男性《だんせい》だ。

車はその前を通り過《す》ぎ、細い山道を登っていく。

駅から人家のある場所まで通っていたバスは二十年も前に廃止《はいし》されています。今はただ利用されなくなったバス停《てい》が残っているだけ。来るはずのないバスを待つ男性《だんせい》は、いったいどこへ行きたいのでしょうか。それとも、自分に気がついてくれた彼《かれ》に憑《つ》いていくつもりなのでしょうか。

ポール

懐《なつ》かしい幼少《ようしょう》時代の思い出。
それは時が経《た》つにつれて薄《うす》れていくものです。
でもほんのわずかなきっかけで、鮮《あざ》やかに蘇《よみがえ》りもするのです。

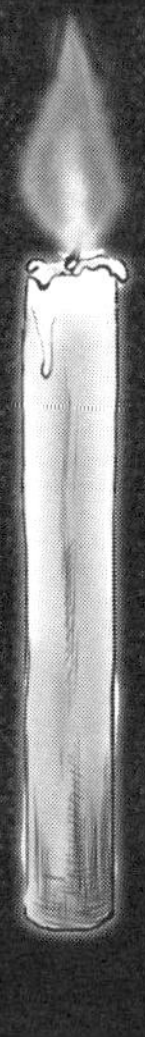

ある日、部活を終えて家に帰ると、庭先にボールが落ちていた。

子どもが使う、野球のボール。

拾《ひろ》い上げると、そこには消えかかったボクの名前が書いてある。

まだ幼《おさな》かった妹が書いた、下手《へた》くそなネコの絵も。

このボールは・・・なくしてしまったはずだ。


あれは確《たし》か五年、いや六年前か。

小学生の時、近所に住んでいた仲の良かった友だちと河原《かわら》で野球をするのが楽しみだった。

あの日もいつもと同じように河原《かわら》で野球をしていた。

ボクの投げたボールが川に落ちてしまったんだ。

友だちの一人がボールを拾《ひろ》おうとして足を滑《すべ》らせて川の中に。

ボクたちは慌《あわ》てて大人を呼《よ》びに行ったけれど、間に合わなかった。
あの時になくしたボールだ。

幼《おさな》いころ、川で亡《な》くなってしまった友だち。
亡《な》くなってから満六年目は「七回忌《しちかいき》」と言います。
友だちは自分のことを思い出してほしくて、やって来たのかもしれません。

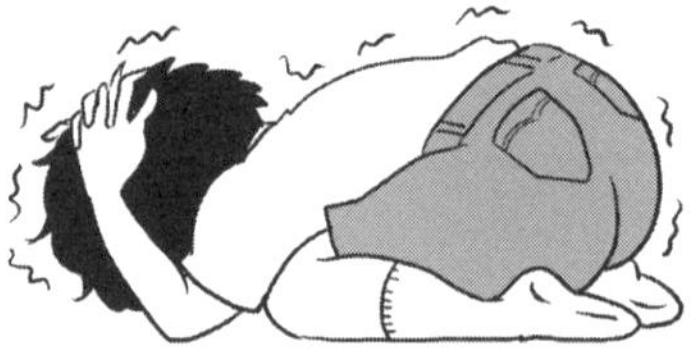

風《ふう》鈴《りん》

夏の風物詩「風鈴《ふうりん》」。
暑さを紛《まぎ》らせ、涼《りょう》を運んでくる道具です。
涼《すず》し気な澄《す》んだ音も、秋風が吹《ふ》くようになると
寂《さび》しく聞こえるようになるから不思議ですね。

十月になって長く続いた残暑もようやくおさまり、やっと秋らしい季節になってきた。

昨日のマラソン大会で張《は》り切りすぎたのか、今日は朝から熱っぽい。

「今日はおとなしく寝《ね》てなさい」

そう言って、母は仕事に行ってしまった。

家の中にはわたし一人。

薬を飲んでから二階の自分の部屋で眠《ねむ》っていると、チリリンと甲高《かんだか》い音が聞こえて目が覚《さ》めた。

窓《まど》の外を人影《ひとかげ》が通るたびにチリリンと音がする。

あれは風鈴《ふうりん》の音だ。

起き上がって確認《かくにん》したいけど、体が重い。

チリリン、チリリン！

人影《ひとかげ》が通るたび、風鈴《ふうりん》の音がするので落ち着かない。

寝返《ねがえ》りをうち、頭から布団《ふとん》をかぶって無理やり眠《ねむ》りについた。


夕方、帰宅《きたく》した母が部屋に様子を見に来てくれた。

「熱は下がったみたいね」

受け取った体温計を見て、母が安心したように言う。

差し出されたスポーツドリンクを口にする。

「ねえ。窓《まど》の外の風鈴《ふうりん》、もうはずしたほうがいいんじゃない？」

「何言ってるの？」

母は窓《まど》を開けて空気を入れ替《か》える。

「風鈴《ふうりん》ならとっくにしまったわよ。それに吊《つ》るしてあったのは一階の軒下《のきした》じゃない」

風鈴《ふうりん》が吊《つ》るされていたのは一階の軒下《のきした》でした。
でも音が聞こえてきたのは二階の部屋。
しかも窓《まど》の外を行ったり来たりしている人影《ひとかげ》もあります。
その手に風鈴《ふうりん》を持ち、眠《ねむ》っている病人を覗《のぞ》き込《こ》む人影《ひとかげ》。
もしも目を開けていたら、そこにはどんな姿《すがた》が見えたのでしょうか?

井《い》戸《ど》

井戸《いど》には水を守る神様が住んでいると言われ、
粗末《そまつ》に扱《あつか》えば恐《おそ》ろしい祟《たた》りがあたると考えられていました。
今でも井戸《いど》を埋《う》めたりする場合には、
きちんと神様に報告《ほうこく》してお帰りいただく儀式《ぎしき》が必要になります。

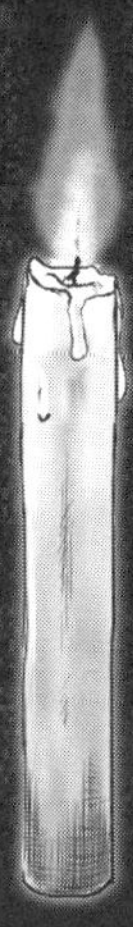

祖父《そふ》から聞いた話。

昔《むかし》、祖父《そふ》の住んでいた家の裏山《うらやま》に古い枯《か》れ井戸《いど》があって、子どもたちの遊び場になっていた。

祖父《そふ》は両親から「あの井戸《いど》には古い神さんが住んでらっしゃる」「とても危《あぶ》ない神さんだから近づいてはいけない」と言われていたけれど、信じていなかったと言う。

井戸《いど》の周囲《しゅうい》には文字のようなものが彫《ほ》り込《こ》まれた拳大《こぶしだい》の石が置いてあり、それを井戸《いど》に投げ込《こ》んで遊ぶ。

不思議なことに、石を投げ込《こ》むと水がないはずの井戸《いど》の底《そこ》から「ばっしゃーん」と音がする。

投げ込《こ》んだはずの石は、翌日《よくじつ》には必ず井戸《いど》の脇《わき》に戻《もど》っていた。

だから子どもたちは何度も石を井戸《いど》に投げ込《こ》んで遊んでいた。

「どうなってるのか調べてみようぜ」

そう言い出したのは、祖父《そふ》の幼《おさな》なじみだった。

どうして投げ込《こ》んだ石が翌日《よくじつ》には元に戻《もど》っているのか調べてみようと言うのだ。

祖父《そふ》は止めたが、幼《おさな》なじみはこっそりと夜の裏山《うらやま》に出かけていってしまった。

幼《おさな》なじみはその後、裏山《うらやま》の井戸《いど》の中で発見された。

奇妙《きみょう》なことに、何年も水が枯《か》れていたはずの井戸《いど》は満々と水をたたえていたそうだ。

引き上げられた幼《おさな》なじみの両足首にはくっきりと四本の指の跡《あと》が残り、手の中にはあの石が握《にぎ》られていた。

日本には古くから「水」にまつわる伝承《でんしょう》が多く残されています。

そこには水不足を解消《かいしょう》するために水神に供物《くもつ》、つまり「生《い》け贄《にえ》」を捧《ささ》げる儀式《ぎしき》もありました。

文字が刻《きざ》まれた石は井戸《いど》の神様に捧《ささ》げる印だったのでしょうか。

塚《つか》

「塚《つか》」とは土をまるく、こんもりと盛《も》り上げたものです。

遺跡《いせき》として発掘《はっくつ》される「塚《つか》」は、古い時代の誰《だれ》かのお墓《はか》や神様を祀《まつ》る場所であったりします。

あなたの身近にも、そんな「塚《つか》」はありませんか？

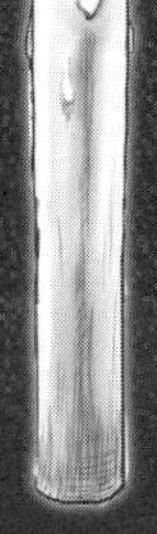

「あの公園ってなくなっちゃったんだ」

夏休みを利用して実家に戻《もど》ったわたしは、幼《おさな》いころに遊んだ公園がつぶされてしまったのを知った。

ジャングルジムとブランコ、鉄棒《てつぼう》とシーソー。そのくらいの遊具《ゆうぐ》しかなかった公園だったけど、そのすぐ横にある石垣《いしがき》で囲まれた古い塚山《つかやま》に登って遊んだのを思い出した。

名前はたしか「らんとうつか公園」。

「去年の冬にね。道路は広くなったけど、ちょっとね。壊《こわ》さないほうがよかったって、みんなで話してるの」

もともと塚《つか》と公園のあった交差点は大型車両の通行が多く、危険《きけん》だと言われていた。

そのため道路を広げて、見通しをよくしたのだ。

「逆《ぎゃく》に工事が終わってから、交差点での事故《じこ》が増《ふ》えたのよ」

「変なことを言い出す人もいるし」

変なこととは何？

「事故《じこ》にあった人は全員、こちらに向かってくる人影《ひとかげ》を見たって言ってるの」

その人影《ひとかげ》の顔は見えず、塚《つか》のあった場所から数人が列になって歩いてくると言う。

みんな、人影《ひとかげ》に気を取られて事故《じこ》に遭《あ》うのだそうだ。

「やっぱり、あの塚《つか》をつぶしちゃいけなかったのよ」

「らんとう」とは「蘭塔」「卵塔」と書きます。
意味は「墓地《ぼち》」、つまりこの公園にあった塚山《つかやま》は誰《だれ》かのお墓《はか》でした。
静かに眠《ねむ》っていた場所を荒《あら》らされて、墓《はか》の主はこの世にさまよい出て来たのでしょう。

映《えい》画《が》館《かん》

大きなスクリーンで観《み》る映画《えいが》は迫力《はくりょく》満点です。
パンフレットにソフトドリンクにポップコーン！
わたしはキャラメルポップコーンが好きなんですが、
あなたは何味が好きですか？

久《ひさ》しぶりに家族で映画《えいが》を観に行った。

テレビで何度も予告編《よこくへん》が流れ、大々的にキャンペーンをおこなっている人気作品だ。

そのためか四人並《なら》びの席は空いていないらしい。

仕方がないのでわたしと母が前列、父と弟が後列の二列に分かれて座《すわ》ることにした。

売店でドリンクとキャラメルポップコーンを買って、いざ劇場《げきじょう》へ。

映画《えいが》は予想通りおもしろくて、ポップコーンを食べるのも忘《わす》れてスクリーンに釘《くぎ》づけになる。

いよいよクライマックスだ！

ここからどんな結末になるんだろう？

ハラハラしていると、後ろから声をかけられた。

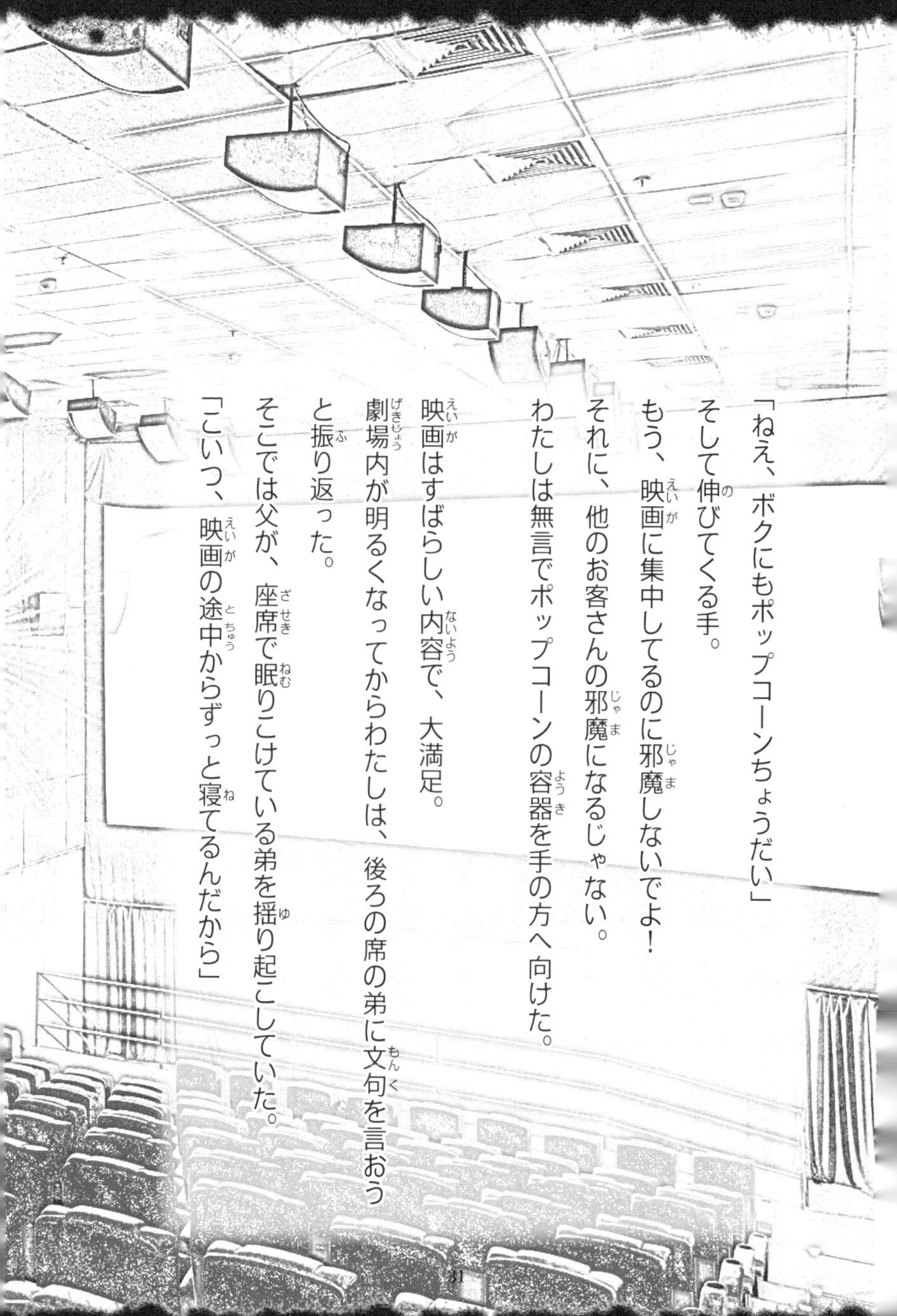

「ねえ、ボクにもポップコーンちょうだい」

そして伸《の》びてくる手。

もう、映画《えいが》に集中してるのに邪魔《じゃま》しないでよ！

それに、他のお客さんの邪魔《じゃま》になるじゃない。

わたしは無言でポップコーンの容器《ようき》を手の方へ向けた。

映画《えいが》はすばらしい内容《ないよう》で、大満足。

劇場《げきじょう》内が明るくなってからわたしは、後ろの席の弟に文句《もんく》を言おうと振《ふ》り返った。

そこでは父が、座席《ざせき》で眠《ねむ》りこけている弟を揺《ゆ》り起こしていた。

「こいつ、映画《えいが》の途中《とちゅう》からずっと寝《ね》てるんだから」

弟は映画《えいが》の途中《とちゅう》からずっと眠《ねむ》っていました。

だとすれば、クライマックスの時に姉のポップコーンを欲《ほ》しがったのは弟ではないということになります。

映画館《えいがかん》に行ったことがある人ならわかると思いますが、座席《ざせき》どうしの背《せ》もたれは間から手を入れる隙間《すきま》なんてありませんよね？

引越《ひっこ》し

いつだって引越《ひっこ》しは大変！
最近はいろいろな引越《ひっこ》し業者さんがいて助かります。
業者さんが嫌《いや》がる荷物《にもつ》ナンバーワンは
「本がぎっしり詰《つ》まったダンボール（本ダン）」だそうです。
あれは相当《そうとう》重いですからね。

年末の休みを利用して、友人と旅行に行く計画を立てた。

そこで旅行費用を稼《かせ》ぐために、引越《ひっこ》し業者のバイトに応募《おうぼ》することにした。

そしてある日、一人暮《ぐ》らしの女性《じょせい》の引越《ひっこ》しに駆《か》り出された。

その日は休みのはずだったんだけど、ベテランさんの一人が腰《こし》を痛《いた》めてしまって急に呼《よ》び出された。


向かったマンションは何だか妙《みょう》に薄暗《うすぐら》い。

顔色の悪い女性《じょせい》が出てきて、作業の確認《かくにん》をする。

エレベーターがないので、階段《かいだん》を使って慎重《しんちょう》に荷物《にもつ》を運び出す。

先輩《せんぱい》の指示《しじ》に従《したが》って作業を続けていると、ドアの陰《かげ》から男の子がこちらを見ていた。

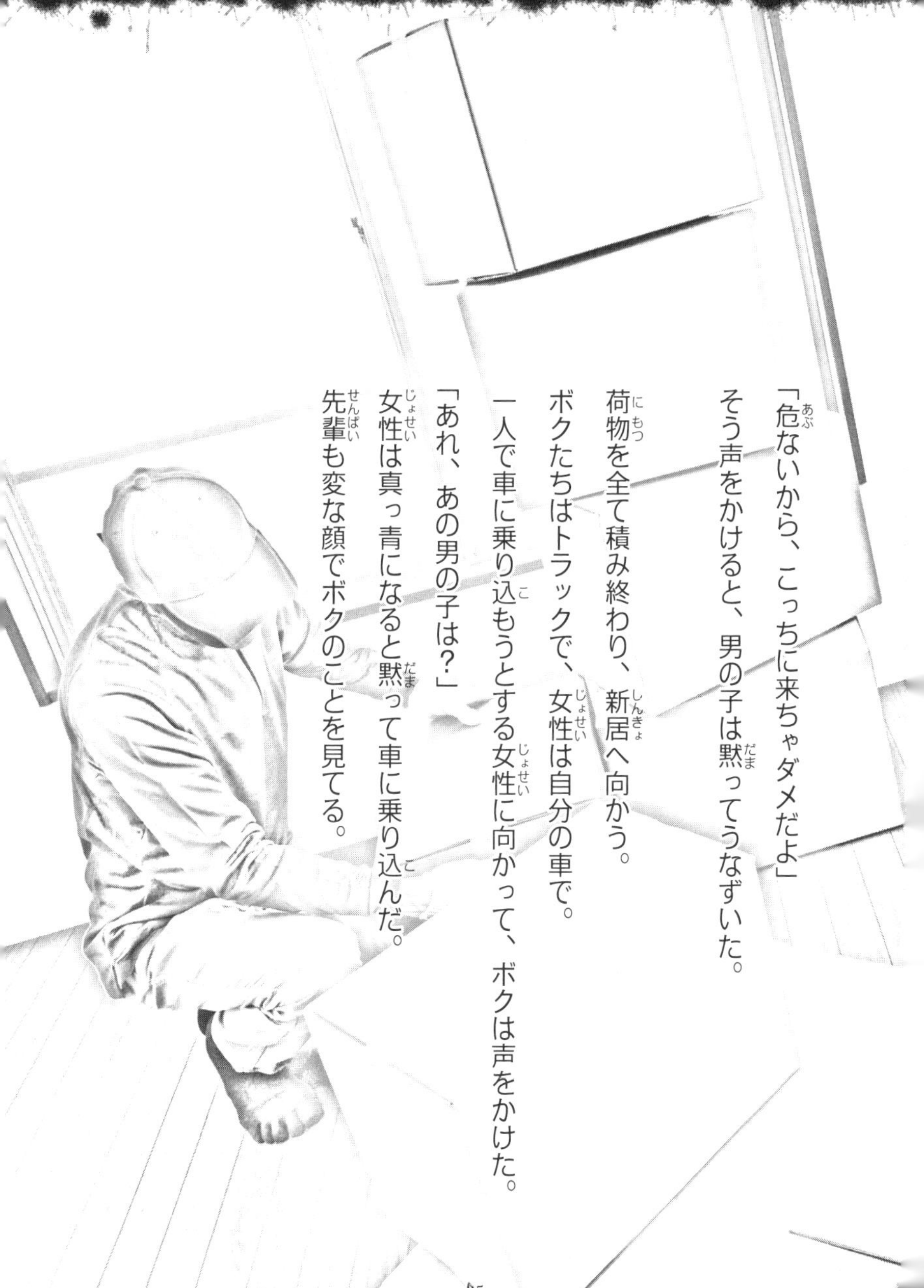

「危《あぶ》ないから、こっちに来ちゃダメだよ」

そう声をかけると、男の子は黙《だま》ってうなずいた。

荷物《にもつ》を全て積み終わり、新居《しんきょ》へ向かう。

ボクたちはトラックで、女性《じょせい》は自分の車で。

一人で車に乗り込《こ》もうとする女性《じょせい》に向かって、ボクは声をかけた。

「あれ、あの男の子は？」

女性《じょせい》は真っ青になると黙《だま》って車に乗り込《こ》んだ。

先輩《せんぱい》も変な顔でボクのことを見てる。

引越《ひっこ》しを依頼《いらい》した女性《じょせい》は一人暮《ぐ》らし。
でもマンションの部屋には男の子の姿《すがた》が。
しかも作業している他の先輩《せんぱい》には見えていません。
女性《じょせい》はこの男の子の存在《そんざい》に悩《なや》まされて引越《ひっこ》しを決意したのでしょうか。
男の子は誰《だれ》もいなくなった部屋の中で、次の住人を待っているのかも。

真夜中の待合室

病気やケガを抱《かか》え、不安になった人達が集まる場所。
それが病院の待合室です。
多くの不安が染《し》みついた空間だからでしょうか、消灯後の待合室はまるで・・・。
そう、別の世界につながっているように見えるのです。

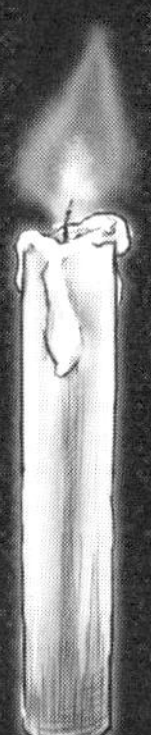

「巡回《じゅんかい》に行ってきます」
同僚《どうりょう》に声をかけて、懐中電灯《かいちゅうでんとう》を手に警備員《けいびいん》室を後にした。
深夜の病院はしんと静まり返って、自分の足音がやけに大きく響《ひび》く。
オレが勤務《きんむ》するこの病院は歴史が古く、敷地《しきち》はやたらと広い。
新館と旧館《きゅうかん》があって、二時間おきに巡回《じゅんかい》する。
旧館《きゅうかん》は老朽化《ろうきゅうか》のせいで、今は資材倉庫《しざいそうこ》のような使われ方をしている。
旧館《きゅうかん》へは、一階の待合室の奥《おく》にある渡《わた》り廊下《ろうか》を使うしかない。
新館の見回りを終え、待合室へ足を踏《ふ》み入れた。
緑色の非常灯《ひじょうとう》が廊下《ろうか》に反射《はんしゃ》してぼんやりと館内を照らし出している。
旧館《きゅうかん》へと続く廊下《ろうか》の先へと懐中電灯《かいちゅうでんとう》の光を向けると、光の輪の中に白い人影《ひとかげ》が見えた。

しかし、それがナース帽《ぼう》をかぶった看護師《かんごし》だと知ってホッとする。

「お疲《つか》れさまです」

声をかけ、看護師《かんごし》とすれちがう。

巡回《じゅんかい》を終えて、警備員《けいびいん》室へ戻《もど》った。

「待合室で看護師《かんごし》さんとすれ違《ちが》ってビビっちゃったよ」

苦笑《にがわら》いしながら同僚《どうりょう》に報告《ほうこく》すると、彼《かれ》は首を傾《かし》げてボソリと言った。

「こんな時間に、旧館《きゅうかん》から看護師《かんごし》?」

言われてみれば変だ。

それにナース帽《ぼう》は、今は廃止《はいし》されてるはず・・・。

以前は看護師《かんごし》のトレードマークだったナース帽《ぼう》ですが、
現在《げんざい》では衛生《えいせい》上の理由から廃止《はいし》されています。
彼《かれ》が見た看護師《かんごし》は、どこから来たのでしょうか。

体育館倉庫

「学校の七不思議」に体育館が入っていた人はいますか？
朝礼や体育の授業《じゅぎょう》でいつも使っていて、よく知っている場所のはずなのに。
どうして誰《だれ》もいない体育館ってあんなに静かで怖《こわ》いんでしょう？

「ねえ、あそこって誰《だれ》かいるよね？」

体育の授業《じゅぎょう》が終わって教室へ戻《もど》る途中《とちゅう》、隣《となり》を歩いていた友人が話しかけてきた。

「やっぱりそうだよね」

わたしたちの通う小学校にはこんな噂《うわさ》がある。

『体育館倉庫の中。入って左の奥《おく》に誰《だれ》かがいる』

でもハッキリとどんな人がいるのかは、誰《だれ》も教えてくれない。

「今度さ、二人で正体をつきとめない？」

笑いながら、そんなことを言い出した。

次の日の放課後、彼女《かのじょ》はあたしの手を引いて体育館へ向かう。

「ねえ、やめとこうよ。先生に見つかったら叱《しか》られるよ」

精一杯《せいいっぱい》の抵抗《ていこう》をするけど、気にもしないでズンズンと進んでいく。
体育館につくと、彼女《かのじょ》はわたしに倉庫の扉《とびら》を開けるよう促《うなが》した。

重い音を立てて扉《とびら》が開く。
中をのぞくと、薄暗《うすぐら》い倉庫の隅《すみ》に誰《だれ》かが背中《せなか》を向けて立っていた。
「だ、誰《だれ》!?」
ゆっくりとこちらを向く。
そこで笑いながらわたしを見ているのは・・・
いまいっしょに来たはずの彼女《かのじょ》。
え、どうして・・・?
あなたは誰《だれ》?

「誰《だれ》かがいる」と噂《うわさ》の倉庫。
そこにいたのは、自分が友だちだと思っていた彼女《かのじょ》でした。
彼女《かのじょ》は何のために倉庫に誘《さそ》ったのでしょう？
いっしょに遊ぶため？
驚《おどろ》かせて楽しむため？
それとも、本当の「友だち」にするため？

古民家

古い家にはなんとも言えない空気があります。
その家がこれまでに過《す》ごしてきた年月。
そして生活していた人たちの思い出などが、
独特《どくとく》の雰囲気《ふんいき》をつくり出すのでしょう。
でも、家に残っているのは楽しい思い出ばかりではないかも知れませんよ？

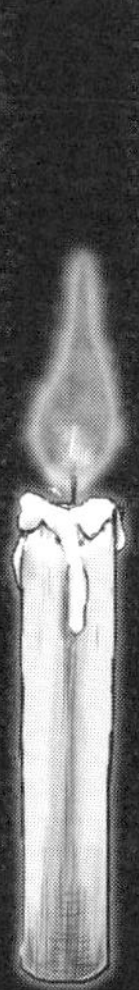

古民家を購入《こうにゅう》してリフォームをしていた伯父《おじ》さんから「遊びにこないか」と連絡《れんらく》があった。

連休を使って隣《となり》の県まで出かけていくと、思っていたよりも古めかしい家が迎《むか》えてくれた。

中は広々としていて、見上げた梁《はり》は煤《すす》で燻《いぶ》されて黒光りしている。

「今どき、こんなに立派《りっぱ》な梁《はり》を使っている家なんて、なかなかないぞ」

伯父《おじ》さんはニコニコしながらそう自慢《じまん》した。

「こんな広い家に一人で住んでて寂《さび》しくない？」

ボクの質問《しつもん》に伯父《おじ》さんは「そうでもないさ」と不思議な返事をする。

驚《おどろ》くほど静かな夜だった。

眠《ねむ》りに落ちてどのくらい経《た》ったのか、ふとした違和感《いわかん》で目が覚《さ》めた。

天井《てんじょう》付近から「ぎぃ、ぎぃ」と木のきしむ音。

掛《か》け布団《ぶとん》の上を小動物が往復《おうふく》しているような感じ。

目を閉《と》じていても、誰《だれ》かがボクを見下ろしているのがわかった。

あまりの気味の悪さに一睡《いっすい》もできずに朝を迎《むか》えた。

明るくなって、起き出してきた伯父《おじ》さんに夜中のことを話すと
「大丈夫《だいじょうぶ》、見慣《みな》れない顔がいたんで気になったんだろう」

と何でもないことのように言われた。

「最初は驚《おどろ》いたけどなぁ。今じゃすっかり慣《な》れちゃったよ」

そう言って見上げた梁《はり》には、昨日は気づかなかった、擦《こす》れたような跡《あと》が一本残っていた。

深夜に天井《てんじょう》近くから聞こえる木のきしむ音、掛《か》け布団《ぶとん》の上を往復《おうふく》する何か。
梁《はり》に残っている擦《こす》れたような跡《あと》。
前の住人は今も梁《はり》からぶら下がったまま、この家に棲《す》んでいるのです。
新しい住人を見下ろしながら。

鏡文字

学校を離《はな》れての合宿は部活をやっている楽しみの一つでもあるでしょう。
大人になってから「学生時代の思い出」として懐《なつ》かしむこともあると思います。
そう、たまに変な思い出が混《ま》ざり込《こ》むことがあったとしても。

冬休みにスキー部の合宿にやって来た。
ロッジは築《ちく》四〇年の古い建物だけど、内装《ないそう》はリフォームしてある。
それに部員は八人だから、ちょっとくらい狭《せま》くても大丈夫《だいじょうぶ》。
夜間は従業員《じゅうぎょういん》さんもいなくて、食事は自炊《じすい》になるけど格安《かくやす》だから仕方がない。
でも大浴場《だいよくじょう》に惹《ひ》かれてここに決めた。
部屋に「ご利用上の注意」ってプリントがあった。
避難経路《ひなんけいろ》や禁止事項《きんしじこう》、その他の利用方法の最後にこう書いてあった。
「夜間は物音がしても絶対《ぜったい》に玄関《げんかん》ドアを開けないで下さい」
もしかして熊《くま》が出るとか？
まあ、夜中に玄関《げんかん》を開けることなんてないと思うけど。
一日スキーの練習で体を動かし、夕飯を済《す》ませてお風呂《ふろ》に入ると、

もうクタクタ。

布団《ふとん》の中に入ってしばらくすると、一階でドンドンと音がした。

まるで玄関《げんかん》のドアを叩《たた》いているような音。

「今夜はずい分と風が強いみたいだね」

「これで玄関《げんかん》を開けたら、雪が吹き込《こ》んでくるから禁止《きんし》になってるんじゃない？」

翌朝《よくあさ》は、すっきりと晴れ渡《わた》っていた。

練習の支度《したく》を終えて外に出た先輩《せんぱい》が、何かに気がついてドア横の窓《まど》ガラスに顔を近づけた。

そこには文字のようなものが書かれていた。

ここをあけて　ここをあけて　ここをあけろ

書かれている文字はどうやら裏表逆《うらおもてぎゃく》の鏡文字。
つまり文字は、建物内から窓《まど》に書かれたものです。
書いた誰《だれ》かは、建物の中にいるのです。

古本

古本を購入《こうにゅう》した経験《けいけん》はありますか？
たまにページの間にゴミが挟《はさ》まっていたり、
前の持ち主のメモが残されていたりする物もあります。
自分以外の誰《だれ》かが読んでいた本。
案外、抵抗《ていこう》のある人も多いようです。

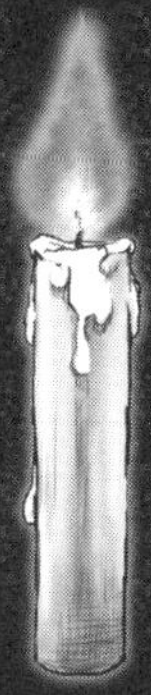

仕事柄《しごとがら》、古本屋をよく利用する。

大型チェーンの古本屋は品揃《しなぞろ》えがよくて便利だが、小さな店は思わぬ掘《ほ》り出し物があったりして面白い。

ある日、ふらりと立ち寄《よ》ったその店で、前から欲《ほ》しかった本が店頭のワゴンに並《なら》べられているのを見つけた。

さっそく購入《こうにゅう》して、自宅《じたく》でワクワクしながら表紙を開く。

半分ほど読み進めると、ページの間にある長い髪《かみ》の毛に気がついた。

まあ古本なのだから、こういったこともあるだろう。

つまんでゴミ箱へ捨《す》て、ページをめくると、そこにもまた髪《かみ》の毛が。

確認《かくにん》すると、数ページおきに髪《かみ》の毛が挟《はさ》まっている。

さすがに気持ち悪くなって、他の雑誌《ざっし》といっしょに部屋の隅《すみ》に重ねて置いた。

すっかりそんな事も忘《わす》れた数週間後。

読み終わった雑誌《ざっし》を整理しようと、ラックの中身を取り出した。

いっしょに入れておいた本を持ち上げると、ページの間から、バサリと黒い髪《かみ》の毛の束《たば》がこぼれ落ちた。

なんとも言えない恐怖《きょうふ》が背筋《せすじ》を走る。

本と雑誌《ざっし》を全部ビニール袋《ぶくろ》へ放《ほう》り込《こ》むと、口を固《かた》く縛《しば》ってゴミ置き場へ持っていった。

翌朝《よくあさ》ゴミ置き場を見ると、雑誌《ざっし》の入ったビニール袋《ぶくろ》は消えていた。

あの本を残して。

「髪《かみ》の毛」は人の念《ねん》を強く宿《やど》します。
本の間に残された髪《かみ》の毛には、前の持ち主の念《ねん》がこもっているのかもしれません。
しかし、なぜこの本だけが残されていたのでしょう。

公園のブランコ

いつの時代も、公園のブランコは子どもたちに人気です。
大きくこぎ出した時の、あの風を切る感じ。
大人になっても忘《わす》れられません。

ここから小さな児童公園があるの、見えるだろ。

昼間は近所の幼稚園《ようちえん》の子どもたちや子連れの母親が遊びに来たりして賑《にぎ》やかなんだ。

目新しい遊具《ゆうぐ》はないけれど、昔《むかし》ながらのスベリ台に鉄棒《てつぼう》、砂場《すなば》にスプリングで揺《ゆ》れる動物たち。

中でも子どもたちに人気なのが、ブランコだ。

こぎ出す時に風を切るあの感覚、ボクにも覚《おぼ》えがある。

でも、最近気がついたことがあるんだ。

それは、ほら、聞こえないか？

今、夜の十一時だぜ
こんな時間に子どもが公園に遊びになんか来ないだろ？

キー・・・キー・・・

聞こえるだろ、ブランコの揺《ゆ》れる音。
前までこんなことはなかったんだ。
風も吹《ふ》いてないのに、どうしてだと思う？
しかもさ、今夜は雨が降《ふ》ってるんだぜ。
こんな夜にブランコになんか乗りに来るか？
昨夜もずっと揺《ゆ》れてた。
ちょっとこっちに来て見てみろよ
真っ赤なワンピースを着た女の子がブランコをこいでるんだ。
毎晩《まいばん》、毎晩《まいばん》、キーキー聞こえて眠《ねむ》れないんだよ。
雨が降《ふ》ってるのに、あの子、濡《ぬ》れてもいないんだぜ。
ボクに手を振《ふ》ってる。
きっとボクを呼《よ》んでるんだ。

夜中に揺《ゆ》れるブランコ、真っ赤なワンピースの女の子。
遊び仲間がほしいのでしょう、彼《かれ》に手を振《ふ》って呼《よ》んでいます。
でもきっと、この女の子の遊び場は「公園」ではない別のどこかで、
そこに行けば二度とは戻《もど》ってこられないのでしょう。

映《うつ》り込《こ》む

街中でいろんな人に声をかけてコメントを求める「街頭インタビュー」。
テレビに映《うつ》るチャンスだと、
何度もカメラの前を横切ったりする人いますよね。

ニュース番組とかでさ、街頭インタビューってあるじゃん。
歩いてるおばちゃんとかに声をかけて、コメントしてもらうやつ。
あれにさ、毎回同じ男が映《うつ》り込《こ》んでるんだよ。
放送局が人をやとって欲《ほし》しいコメントを言わせてるんだろうって。
いや、違うな。
あれは絶対《ぜったい》に、そういうんじゃない。
録画《ろくが》の使い回しじゃないかって？
それもあるかもしれないけどさ。

ほら、収録《しゅうろく》スタジオから生放送で番組やったりするじゃん。
ガラス張《ば》りになっててさ、外の景色が見える。
そこにも毎回、同じ男が映《うつ》ってるんだぜ。

出てるタレントのファンが見に来てるって？
だから違《ちが》うってば。

気になったから、その男が映《うつ》ってる映像《えいぞう》を全部録画《ろくが》してあるんだ。
いいか、よく見てくれよ。
な、お前にもわかるだろ？
全部に映《うつ》ってるんだ。
ガラスに張《ば》りついてスタジオの中をのぞき込《こ》んでる。
このヒョロヒョロで背《せ》が高くて、坊主頭《ぼうずあたま》の・・・顔が透《す》けている男が。

霊は電波と相性《あいしょう》がいいと聞きます。
自分の存在《そんざい》を多くの人に知ってもらうために、わざと
こうやって姿《すがた》をあらわしているのでしょうか。
わたしたちが気づいていないだけで、多くのインタ
ビュー画面の中に、こういった存在《そんざい》は映《うつ》り込《こ》んでいる
のかも知れません。

駐《ちゅう》車《しゃ》場《じょう》

ちょっとした気の緩《ゆる》みから起こる事故《じこ》。

どれだけ自分が注意をしていても、飛び込《こ》んでくる事故《じこ》を完全に防《ふせ》ぐことはできません。

そう、自分に非《ひ》がなくとも事故《じこ》は起こるのです。

その店の駐車場《ちゅうしゃじょう》は事故《じこ》が多い。

決して見通しが悪いわけでもなく、渋滞《じゅうたい》を起こすほど大量の車が出入りするわけでもない。

もちろん休日ともなれば車の数も増《ふ》えるのだが、交通整理のための警備員《けいびいん》を出したりして対応《たいおう》している。

それでも二カ月に一度の割合《わりあい》で事故《じこ》が起こる。

事故《じこ》は駐車場《ちゅうしゃじょう》内ではなく、出入り口付近で多発している。

車と車、車と歩行者、車と自転車、バイクと自転車、バイクと歩行者。

みんな口を揃《そろ》えてこう言います。

自分の意志《いし》ではないのに、そちらの方向に向かってハンドルに力が加わるのだと。

「あの店、何かに祟《たた》られてるんじゃない？」

そんな噂話《うわさばなし》まで聞こえるようになってきた。

その矢先、またしても事故《じこ》。

警察《けいさつ》による事故現場《じこげんば》の検分《けんぶん》で、店長は録画《ろくが》していた監視《かんし》カメラの映《えい》像《ぞう》を見ていた。

そして気がつく。

駐車場《ちゅうしゃじょう》から出ようとしていた車が何もない場所で大きく曲がった。

他の映像《えいぞう》も確認《かくにん》してみたが、みんな同じようにある場所で大きくハンドルを切っている。

もう一度見てみようと映像《えいぞう》を止めた店長はゾッとした。

事故《じこ》を起こした車の助手席のドアをすり抜《ぬ》けて、半透明《はんとうめい》な男がカメラに向かってニヤッと笑ったのだ。

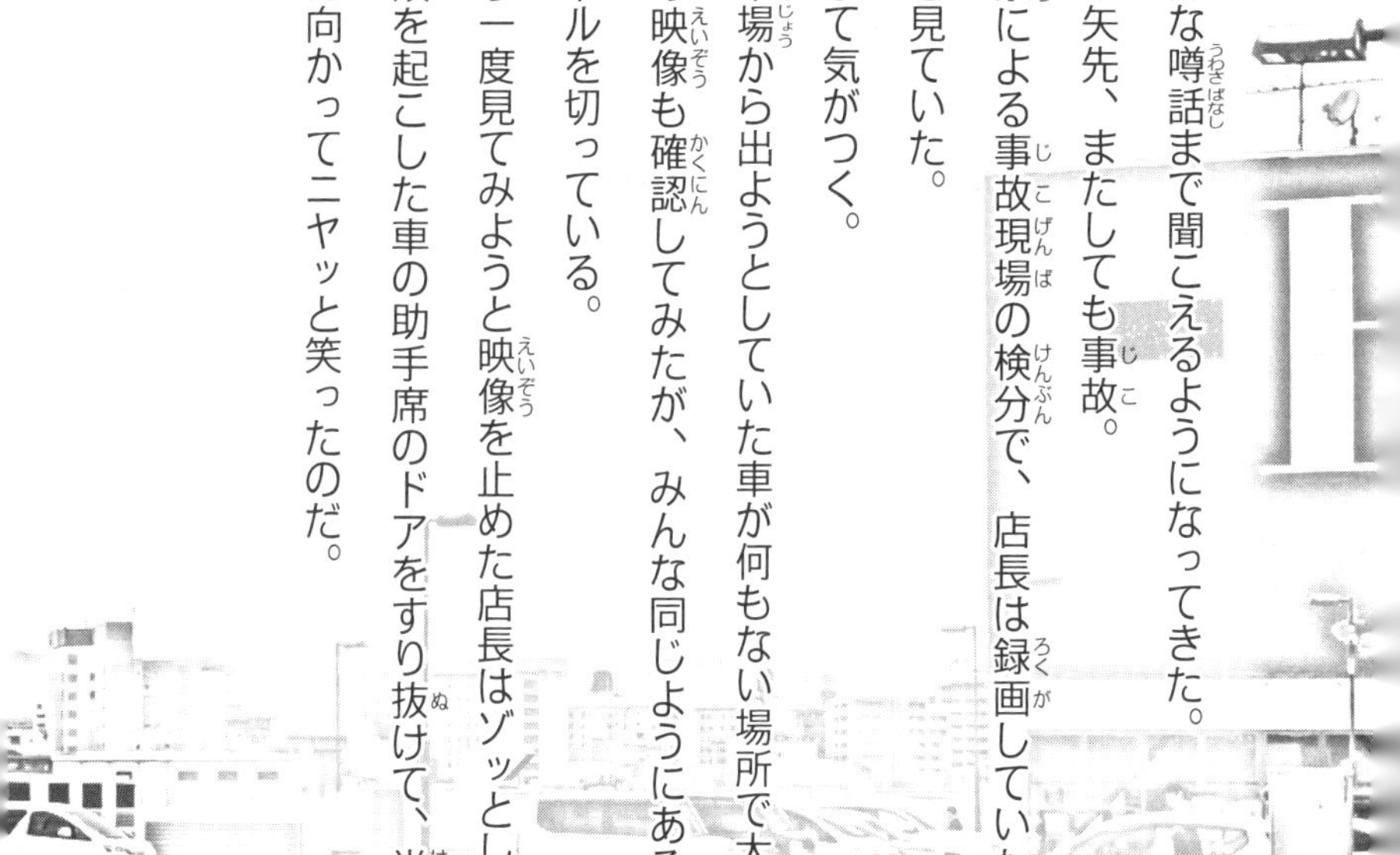

駐車場《ちゅうしゃじょう》にいる半透明《はんとうめい》の男は、この場所に取り憑《つ》く悪い地縛霊《じばくれい》なのでしょう。

どのような恨《うら》みを持って、この駐車場《ちゅうしゃじょう》にいるのでしょうか。

入院

わたしの妹は幼《おさな》い頃《ころ》、病院に診察《しんさつ》に行くことを「入院」だと勘違《かんちが》いしていました。
それくらい「入院」とは不安になるものなのでしょう。
わたしですか？
さあ、どうだったでしょうか。

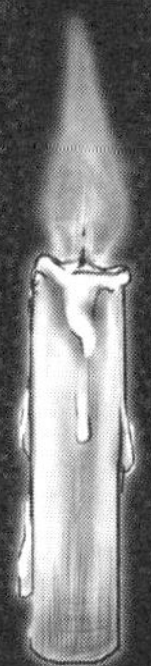

季節の変わり目に風邪《かぜ》をこじらせて、高熱と脱水症状《だっすいしょうじょう》で入院することになってしまった。

ちょうど忙《いそが》しかった仕事も落ちついて、ホッとしたところで一気に疲《つか》れが出てしまったのだろう。

ボクが入った病室は四人部屋で、カーテンで四角く区切られるのだが、他に入院患者《かんじゃ》はいないので、ボクのベッドだけがカーテンを閉《し》めている。

たっぷりの睡眠《すいみん》と休養《きゅうよう》、投薬《とうやく》のおかげですっかり回復《かいふく》し、明日には退院《たいいん》できる。

数日間の入院だったが、回復《かいふく》に向かっていた頃《ころ》から少し気になることも起こっていた。

それは消灯《しょうとう》時間も過《す》ぎ、眠《ねむ》りについてしばらくしてのことだ。

病室のスライド式のドアが開く音と数人の足音で目が覚《さ》めた。

そして、入り口側のカーテンが開く音がする。

「・・・さん回診《かいしん》ですよ」

「いかがですか・・・」

話し声がとぎれとぎれに聞こえる。

そしてカーテンの閉《と》じる音とドアが開いて数人の足音が遠ざかり、
ゆっくりドアが閉《と》じる。

それが毎晩《まいばん》くり返されている。

朝になると、やっぱりこの部屋はボク一人しかいない。

他のカーテンも開いたままだ。

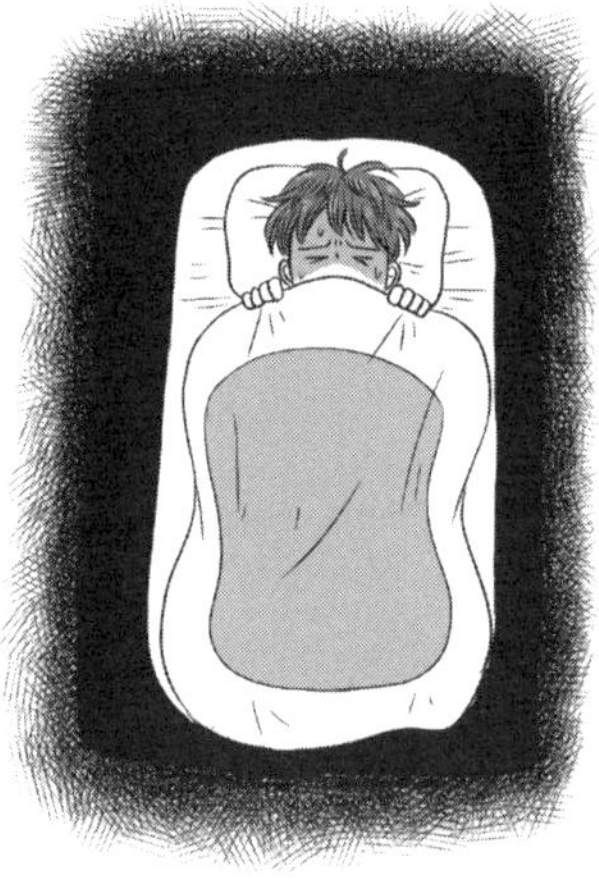

四人部屋の病室のベッド。自分以外のベッドのカーテンは、他に入院患者《かんじゃ》はいないので普段《ふだん》開いています。それなのに毎晩《まいばん》真夜中におこなわれる回診《かいしん》。入り口側のベッドには誰《だれ》がいるのでしょうか？　そして誰《だれ》が回診《かいしん》にやって来るのでしょうか？

リサイクル・ショップ

最近では「使わなくなったモノは売る」が当たり前になってきましたね。
フリマアプリなども充実《じゅうじつ》していますし、そのまま捨《す》ててしまうより、
使ってくれる人がいたほうがいいに決まっています。
そのほうがモノだって喜ぶでしょうし。

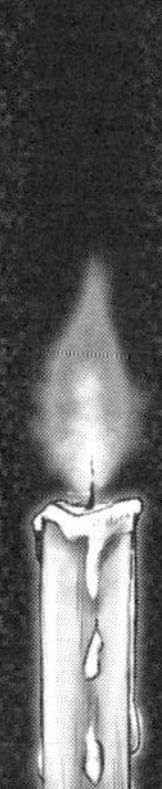

5年間の一人暮《ぐ》らしを終え、実家に帰ることになった。

引越《ひっこ》しの荷物《にもつ》をまとめていると、ずいぶんと色んなモノを溜《た》め込《こ》んでいたのに気づく。

全部は持っていけないし、仕方がないのでリサイクル・ショップに持ち込《こ》むことにした。

洋服やスポーツ用品などを詰《つ》め込《こ》んだダンボールを車に乗せ、郊外《こうがい》のリサイクル・ショップへ。

店員から番号札を渡《わた》されて、暇《ひま》つぶしに店内をぶらつく。

新品に中古品、これに値段《ねだん》がつくのかと思うような雑貨《ざっか》や懐《なつ》かしの玩具《がんぐ》まで並《なら》んでいる。

商品を眺《なが》めていると、背後《はいご》から誰《だれ》かの視線《しせん》を感じた。

振《ふ》り向いたが、そこには誰《だれ》もいない。

ただ壁《かべ》にかけられた一枚《まい》の絵があるだけだった。
イスに座《すわ》りポーズをとっている女性《じょせい》の肖像画《しょうぞうが》。
場所を移動《いどう》しても肖像画《しょうぞうが》の女性《じょせい》の視線《しせん》は常《つね》にわたしを見ているように感じる。
ようやく査定《さてい》が終わり、わたしはカウンターでお金を受け取った。
さっきの絵を横目で見ながら出口へ向かう。
イスの横に立ち、背《せ》もたれに手をかけこちらを見ている。
その視線《しせん》がやっぱり気になる。

人の形を模《も》したモノには魂《たましい》が宿《やど》りやすいそうです。

まさに「人の形」をした人形や、人物の姿《すがた》を描《か》き写《うつ》した肖像画《しょうぞうが》などは特にその傾向《けいこう》が強いようです。

集合写真

旅先での楽しい思い出に写真を一枚《まい》。
時が経《た》っても、その写真を見れば一瞬《いっしゅん》で思い出の場所へと飛んでいけますね。

中学のサマーキャンプに友人の一人が珍《めずら》しいフィルムカメラを持ってきた。

カメラと言えばスマホかデジカメだと思っていたわたしたちは、そのフィルム式のカメラに大騒《おおさわ》ぎ。

撮《と》った写真がその場で確認《かくにん》できないのも新鮮《しんせん》だった。

話を聞いた他の班《はん》のメンバーもやってきて、撮影《さつえい》大会になった。

誰《だれ》が言い出したのか、湖に繋《つな》がれたボートに乗り込《こ》んで皆《みな》でポーズを取る。

「わたし、真ん中ね」

「ＯＫ！　さあ、皆《みんな》も入って！」

真ん中に立つ友人を囲んで思い思いにポーズを決める。

「写真の出来上がりが楽しみだね」

「現像《げんぞう》できたら、わたしにも見せてね」
どんな写真が出来上がってくるんだろう、楽しみ！
数日後、友人が現像《げんぞう》した写真を学校に持ってきてくれた。
机《つくえ》の周《まわ》りに友人たちがわらわらと集まってくる。

「あれ、この写真って・・・」

湖のボートで撮《と》った写真だ。

笑顔の友人たちが映《うつ》った写真。

でも、おかしい。

真ん中にいたはずのあの子が写《うつ》っていない。

「ねえ、あの子って誰《だれ》だっけ？」

わたしたちの誰《だれ》もあの子のことを知らなかった。

サマーキャンプで楽しく遊び、いっしょに写真を撮《と》った
はずの友人。
でも、誰《だれ》もその子を知らないのです。
子どもたちが楽しそうに遊んでいると、見知らぬ子ど
もが一人紛《まぎ》れ込《こ》んでしまう。
いるはずの人がいないほうが怖《こわ》いのか、いないはずの
人がいるほうが怖《こわ》いのか。

コンビニバイト

深夜でも明るい光のあふれるコンビニエンスストア。

生活が便利になるのはありがたいですが、夜中でも働いている人たちがいることを忘《わす》れてはいけません。

おや？　でもおかしいですね。

あの店員さん、影《かげ》がありませんよ？

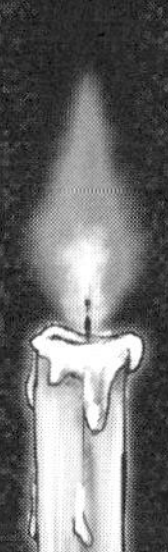

今夜も同じように品出しをして、店内を掃除《そうじ》して、雑誌《ざっし》を並《なら》べる。

「今日はお客さん少ないですね」

同じく深夜シフトに入っている後輩《こうはい》がゴミをまとめながら、話しかけてくる。

この時間二人で店を担当しているので、手分けして仕事をしていた。

「ゴミ出したら、休憩《きゅうけい》に入っていいぞ」

「了解《りょうかい》です」

ゴミ袋《ぶくろ》を手に、後輩《こうはい》が表に出て行った。

レジの後ろで手を洗《あら》っていると、店内にチャイムが鳴《な》り響《ひび》いた。

入ってきたのは、顔なじみになったトラックの運転手。

ドリンクコーナーを回って、おにぎりを手にしてレジへやってくる。

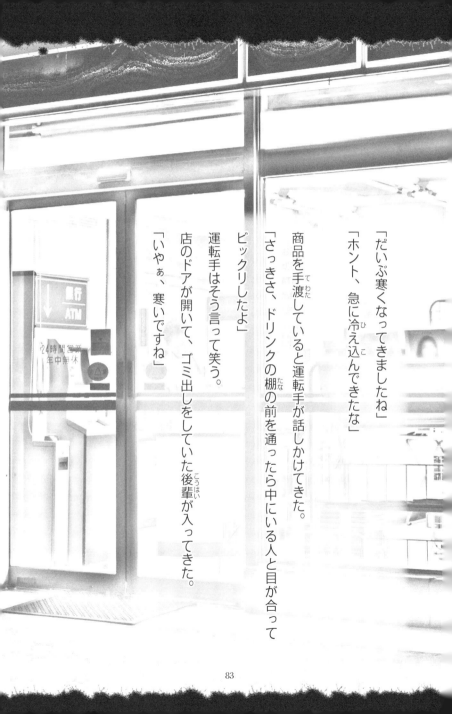

「だいぶ寒くなってきましたね」

「ホント、急に冷《ひ》え込《こ》んできたな」

商品を手渡《てわた》していると運転手が話しかけてきた。

「さっきさ、ドリンクの棚《たな》の前を通ったら中にいる人と目が合って
ビックリしたよ」

運転手はそう言って笑う。

店のドアが開いて、ゴミ出しをしていた後輩《こうはい》が入ってきた。

「いやぁ、寒いですね」

深夜のコンビニは防犯《ぼうはん》のために二人でシフトを組んでいます。

お店の中にいるのは、レジに一人、お客さんが一人、そして店外にゴミ出しに行っていた店員が一人。

ではドリンク棚《たな》にいたのは誰《だれ》なのでしょう？

思い出してみてください。

前を通ったくらいでは、棚《たな》の奥《おく》にいる店員と目が合うことはないんです。

遺《い》品《ひん》整《せい》理《り》

「遺《い》品《ひん》整《せい》理《り》」って聞いたことがあるでしょうか？
亡《な》くなった人は、自分の持ち物をあの世まで持っていくことができません。
大事に思っていた物も、誰《だれ》にも知られたくなくて隠《かく》していた物も・・・。

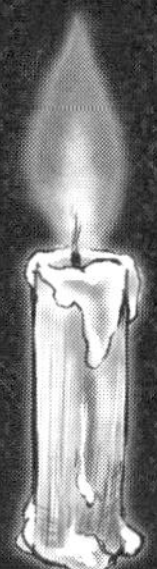

祖父《そふ》が亡《な》くなった。

葬式《そうしき》やその他の手続きが終わり、ようやく祖父《そふ》の住んでいた家を片《かた》づけることになった。

誰《だれ》も生活していなかった家の中は空気が淀《よど》んでいる。

窓《まど》を開けて風を通し、家族総出《そうで》で掃除《そうじ》をしてゴミをまとめる。

二階の寝室《しんしつ》、祖父《そふ》が足腰《あしこし》を悪くしてからは誰《だれ》も使っていなかった部屋に、小さな箪笥《たんす》を見つけた。

引き出しが三つだけついた「民芸箪笥《みんげいだんす》」と呼《よ》ばれる物だ。

何だか妙《みょう》に気になって、持ち帰ることにした。

しかし、この箪笥《たんす》を自分の部屋に置いてから、不思議なことが起こるようになった。

夜中になると、祖父《そふ》があらわれて箪笥《たんす》をじっと見つめているのだ。
その表情《ひょうじょう》からは怒《いか》りも悲しみも感じられない。
それでも毎晩《まいばん》、祖父《そふ》が部屋にあらわれるのには参《まい》った。
この箪笥《たんす》の何がそんなに気になるんだろう？
引き出しを全部抜《ぬ》き、一つ一つ調べてみた。
箪笥《たんす》の中をのぞき込《こ》んでみると、奥《おく》に一枚《まい》の写真が引っかかっていた。
女性《じょせい》が一人で映《うつ》っている写真。
でもその顔は黒く塗《ぬ》りつぶされていた。

顔が塗《ぬ》りつぶされた写真。それが誰《だれ》なのか？
祖父《そふ》との間になにがあったのか？
祖父《そふ》がいなくなった今、
事情《じじょう》は誰《だれ》にもわかりません。

夜《よ》釣《づ》り

夜釣《よづ》りには、昼間の釣《つ》りにはない楽しみがあるそうです。
でもいくら楽しいからと言って、子どもだけで夜釣《よづ》りに行くのは危険《きけん》ですよ。
暗闇《くらやみ》には思わぬ危険《きけん》が隠《かく》れていることもあります。

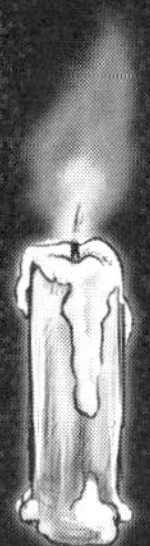

高校生の時、友人の影響《えいきょう》で釣《つ》りにはまった。

そのうちに友人の父に誘《さそ》われて、海釣《うみづ》りにも出かけるようになった。

「今度は夜釣《よづ》りに行ってみるか」

とは言っても、まだ未成年だから「夕方から夜の十時まで」と決めて、両親にも許可《きょか》をもらった。

何度も来たはずなのに、夜の堤防《ていぼう》は知らない場所みたいだった。

波の音を聞きながら、三人並《なら》んで釣《つ》り糸を垂《た》らす。

波間に揺《ゆ》れる電気浮《う》きの小さな光を見つめながら、竿《さお》の先につけられた鈴《すず》が鳴《な》るのを待っていた。

チャプチャプと規則《きそく》正しく聞こえる波の音を聞いていると、だんだん眠《ねむ》くなってくる。

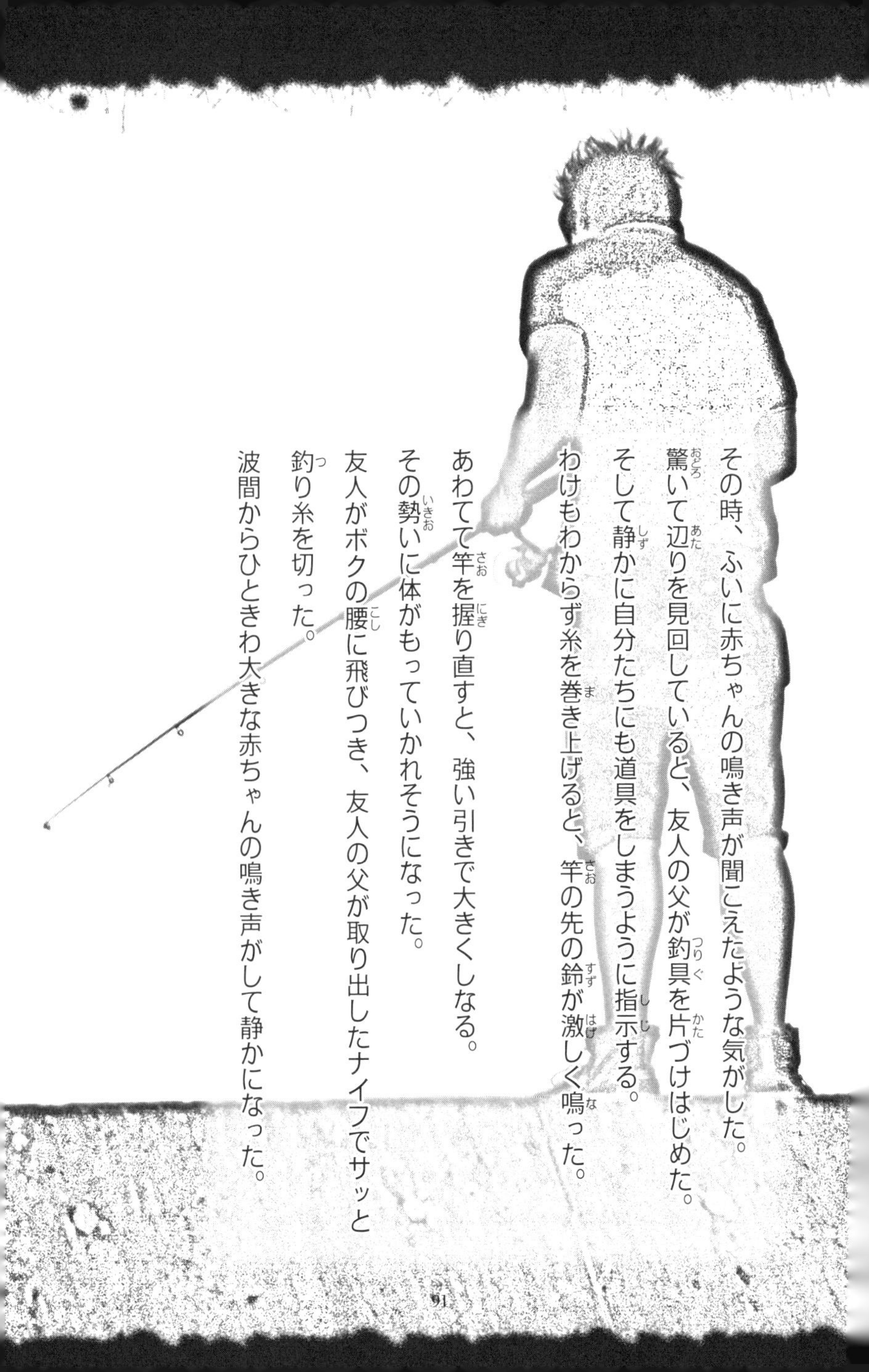

その時、ふいに赤ちゃんの鳴き声が聞こえたような気がした。
驚《おどろ》いて辺《あた》りを見回していると、友人の父が釣具《つりぐ》を片《かた》づけはじめた。
そして静《しず》かに自分たちにも道具をしまうように指示《しし》する。
わけもわからず糸を巻《ま》き上げると、竿《さお》の先の鈴《すず》が激《はげ》しく鳴《な》った。
あわてて竿《さお》を握《にぎ》り直すと、強い引きで大きくしなる。
その勢《いきお》いに体がもっていかれそうになった。
友人がボクの腰《こし》に飛びつき、友人の父が取り出したナイフでサッと
釣《つ》り糸を切った。
波間からひときわ大きな赤ちゃんの鳴き声がして静かになった。

昔《むかし》から海や山で赤ちゃんの鳴き声が聞こえるのは怪異《かいい》があらわれる前兆《ぜんちょう》だと言います。

その場から速《すみ》やかに逃《に》げ出したほうが賢明《けんめい》です。

もしも釣《つ》り糸を友人の父が切ってくれなければ、彼《かれ》は真っ暗な夜の海に引きずり込《こ》まれて助からなかったかもしれません。

ファミレス

気軽に入れて小腹《こばら》を満《み》たすことができるファミレス。
でも明るい場所に集まってくるのは、人ばかりとは限《かぎ》らないんですよ。
まるで光に誘《さそ》われる羽虫《はむし》のように。

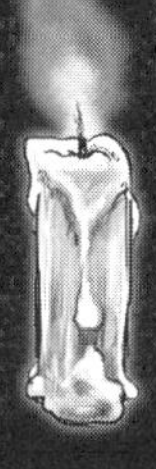

学校の部活帰り、もうお腹《なか》がペコペコ。
「ねえ、ファミレスで軽く食べてから帰ろうよ」
わたしの提案《ていあん》に、その場にいた全員が賛成《さんせい》した。
いちばん近いファミレスに入って、みんながそれぞれに注文する。
わたしたちの座《すわ》るテーブルの脇《わき》をすり抜《ぬ》けて、女性《じょせい》客が奥のトイレへ向かう。
しばらくすると、また別の女性《じょせい》が奥《おく》に向かって歩いていった。
そしてまた、別の女性《じょせい》が。
なんかトイレに行く人が多いな。
でも誰《だれ》も戻《もど》ってこない。
わたしもトイレに行きたいんだけど・・・。

店員さんに声をかけて見てきてもらった。

でも戻《もど》ってきた店員さんはトイレには誰《だれ》もいないって。

そんなはずはないんだけど。

しかし、トイレには本当に誰《だれ》もいなかった。

あんなに何人もこっちに歩いてきてたのに。

みんなのところに戻《もど》ろうとして廊下《ろうか》に出ると、ワンピースの女性《じょせい》とすれ違《ちが》った。

ふと気になって振《ふ》り返ると、女性《じょせい》はトイレの前で煙《けむり》のように消えてしまった。

彼女《かのじょ》のそばを通り過《す》ぎていった女性《じょせい》たちは、どこに消えてしまったのでしょう。

霊《れい》の通り道である「霊道《れいどう》」は、誰《だれ》にでも見えるわけではありません。

たまたま波長が合ってしまったために、彼女《かのじょ》には女性《じょせい》たちの姿《すがた》が見えたのでしょう。

廃《はい》ホテル

廃《はい》ホテルで肝試《きもだめ》し、でもちょっと待ってください。
不用意に入り込《こ》むといろんな危険《きけん》がありますよ。
割《わ》れたガラスでケガをしたり、老朽化《ろうきゅうか》で崩《くず》れてきたり、不審者《ふしんしゃ》に襲《おそ》われたり。
それに、その場所の住人たちにも・・・。

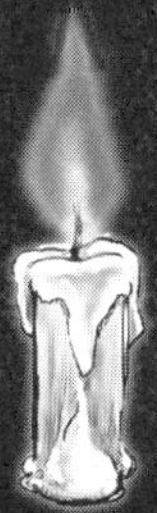

ボクとA、Bの三人で山の上に建つ廃《はい》ホテルで肝試《きもだめ》しをするようになった。
建物は何年も放置されていて、中は荒《あ》れ放題。
一階の窓《まど》ガラスは全部割《わ》れていたりして、雰囲気《ふんいき》はバッチリだ。
館内を探索《たんさく》していると、スマホに友人のCから電話がかかってきた。
『今うちに、Aが来てるんだけど。いまどこにいるの?』
そんなはずはない。
だってAはボクたちといっしょにいるんだから。

『だったら話してみろよ』
電話口でCがAの名前を呼《よ》んでいる。
事情《じじょう》を説明すると、不思議そうな顔をしてBが言った。

「Aって誰《だれ》？　ここに来たのは、オレとお前の二人だけじゃん」
その瞬間《しゅんかん》、スマホから急に男性《だんせい》の叫《さけ》び声が聞こえてきた。
とっさにスマホを投げ捨《す》てる。
床《ゆか》に転《ころ》がっても、そのまま数秒叫《さけ》び声を吐《は》き出し続けて・・・唐突《とうとつ》に切れた。
Bが何も言わずに走り出す。
ボクもあわててスマホを拾《ひろ》い上げると、Bの後を追って廃《はい》ホテルから逃《に》げ出した。
拾《ひろ》ったスマホにはCからの着信履歴《りれき》は残っていなかった。

「A」と呼《よ》んでいた友人はその場におらず、かかってきたはずの電話も履歴《りれき》は残っていません。

では友人だと思っていた「彼《かれ》」はいったい誰《だれ》だったのでしょう？

蜂《はち》

自然界には奇妙《きみょう》な習性《しゅうせい》を持った昆虫《こんちゅう》が多数存在《そんざい》します。
そして続々と新しい種類の昆虫《こんちゅう》が発見され続けています。
まさに自然は「不思議の宝庫《ほうこ》」と言えるでしょう。

うちのクラスに博士と呼《よ》ばれる、虫に詳《くわ》しいクラスメイトがいる。

その博士が「珍《めずら》しい蜂《はち》を手に入れた」と興奮《こうふん》していた。

「寄生蜂《きせいばち》の一種なんだけどね、どの図鑑《ずかん》にも乗っていないんだ。もしかしたら新種かも」

熱っぽく博士はボクに語る。

「一度、うちに見に来ない？」

昆虫《こんちゅう》に興味《きょうみ》のあったボクはその言葉に惹《ひ》かれて彼《かれ》の家に行くことにした。

部屋の中には昆虫図鑑《こんちゅうずかん》や標本《ひょうほん》がズラリと並《なら》んでいる。

博士は机《つくえ》の上に置いてある水槽《すいそう》を指差して教えてくれた。

「この蜂《はち》だよ。今朝、羽化《うか》したばかりなんだ。すごくキレイだろう」

うっとりと見つめる水槽《すいそう》の中には、鶏肉《とりにく》のかけらを千切ってはロに

運ぶ鮮《あざ》やかな色彩《しきさい》の蜂《はち》がいた。

翌日《よくじつ》から博士の様子がおかしくなった。

動きもギクシャクしているし、視線《しせん》も微妙《びみょう》にズレている。

クラスのみんなは気がついていないみたいだけど。

授業中《じゅぎょうちゅう》、気になって博士の方を見てみた。

彼《かれ》の耳から鮮《あざ》やかな色をした蜂《はち》が頭を出し、すぐに引っ込《こ》んだ。

驚《おどろ》いているボクの方へ顔を向けて、博士はニヤリと笑った。

「寄生蜂《きせいばち》」は非常《ひじょう》に数が多く、そのすべてが知られているわけではありません。
もしかしたら、わたしたちのすぐそばにいるかもしれませんよ。
人間を宿主《やどぬし》にしようと狙《ねら》っている「寄生蜂《きせいばち》」が。

レトロな自《じ》販《はん》機《き》

町でたまに見かける古いタイプの自動販売機《じどうはんばいき》。
壊《こわ》れて動かないと思っていたら、しっかり現役《げんえき》で働いていたりします。
そういった古い自販機《じはんき》、意外とファンが多いんですよね。

Aくんと遊びに行った帰り、路地の奥《おく》に明かりのついた古い自販機《じはんき》を見つけた。

機械の表面にはサビが浮《う》かんでいて、塗装《とそう》もあちこちはがれている。

「でも、明かりがついてるってことは動いてるってことだよな？」

Aくんは面白がって次々とボタンを押《お》していった。

ゴトン！

「お、ラッキー！」

取り出し口にジュースが一本転《ころ》がっていた。

Aくんは大喜《よろこ》びで飲み干《ほ》してしまった。

それからというもの、Aくんは学校帰りには必ず自販機《じはんき》に寄《よ》るようになった。

必ず一本だけ出てくるジュースを得意げに飲み干《ほ》す。

ボクもすすめられたが、なんだか気持ち悪くて飲む気にならない。

だってお金も入れてないのに出てくるなんて、おかしい。


ある日、いつもと同じようにジュースを飲んだAくんが、急にお腹《なか》を押《お》さえて苦しみだした。

次の瞬間《しゅんかん》、胃の中のものを吐《は》き出す。

ビシャビシャと地面に飛び散《ち》ったのは、赤茶けた鉄サビばかり。

足元に転《ころ》がっているジュースの缶《かん》からも同じ鉄サビがこぼれている。

長く使われた道具には魂《たましい》が宿《やど》り「付喪神《つくもがみ》」と言う妖怪《ようかい》になると伝えられています。
この自販機《じはんき》もそういった「おばけ」の一種だったのかも知れません。

「！」の標識《ひょうしき》

通学路で、一般《いっぱん》道路で、踏切《ふみきり》で、高速道路で。
いろいろな場所で見かける「標識《ひょうしき》」。
その種類は一〇〇以上あるそうです。
あなたの身近には、どんな標識《ひょうしき》がありますか？

久《ひさ》しぶりに父と二人でドライブ。

帰り道で思わぬ渋滞《じゅうたい》に巻《ま》き込《こ》まれてすっかり暗くなってしまった。

あとどのくらいかかるんだろうと思っていると、ハンドルを握《にぎ》って
いる父が話しはじめた。

「『!』マークの標識《ひょうしき》って、見たことあるか?」

そんな標識《ひょうしき》があるの?

「幽霊《ゆうれい》が出るって場所に設置《せっち》されてるんだ」

嘘《うそ》だ~、そんなのあるはずないよ。

「そうでもないぞ。父さんは何度も見かけたことがある」

どこで?

「すぐにわかるさ」

帰る途中《とちゅう》にどうしても通らなきゃいけない道がある。

民家もあるし、街灯《がいとう》もあるんだけど、なんだか気味が悪いんだよね。
人が通ってるのも見たことがない。

高速道路の高架下《こうかした》の道にさしかかると、街灯《がいとう》の下から突然《とつぜん》、なにかが飛び出してきた。

あれは犬？　人間？

でも父はそのまま道を走り抜《ぬ》けた。

轢《ひ》いちゃったんじゃないの？

「大丈夫《だいじょうぶ》だ。見てみろ」

振《ふ》り返ると、道端《みちばた》に「！」マークの標識《ひょうしき》が立っていた。

「!」の標識《ひょうしき》は「警戒標識《けいかいひょうしき》」と言って、ドライバーに注意をうながすためのものです。補助標識《ほじょひょうしき》と呼《よ》ばれる小さな文字標識《ひょうしき》がついているのですが、まれにそれがないものも存在《そんざい》します。そのために「!」の標識《ひょうしき》は「幽霊《ゆうれい》が出る場所に設置《せっち》されている」と言う噂《うわさ》があるのです。

全国的にもレアなこの標識《ひょうしき》、見つけたら要注意ですよ!

運動会

子どもたちにとって「運動会」は一大イベントです。
この日のためにいっぱい練習するんですから、当日は晴れていてほしいですよね。
わたしは雨のほうが嬉《うれ》しい子どもでしたけど・・・。

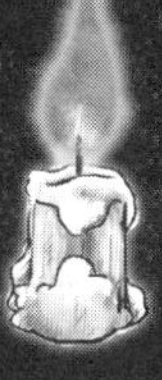

今日は小学校生活最後の運動会。
いつもよりだいぶ早く目が覚《さ》めたわたしは、カーテンを開いて空を確認《かくにん》した。
スッキリと晴れ上がり、最高の運動会日和。
学校の方から、開催《かいさい》を知らせる花火の音が聞こえる。
ポン！　ポンポン！
この花火の音を聞くのも・・・五回六回七回八回目・・・。
あれ、何度目だったたっけ？
でも、いつ聞いても心がウキウキしてくる。
綱《つな》引《ひ》き、玉入れ、創作《そうさく》ダンスに大玉転《ころ》がしにリレー。
今年は優勝《ゆうしょう》できるといいな。

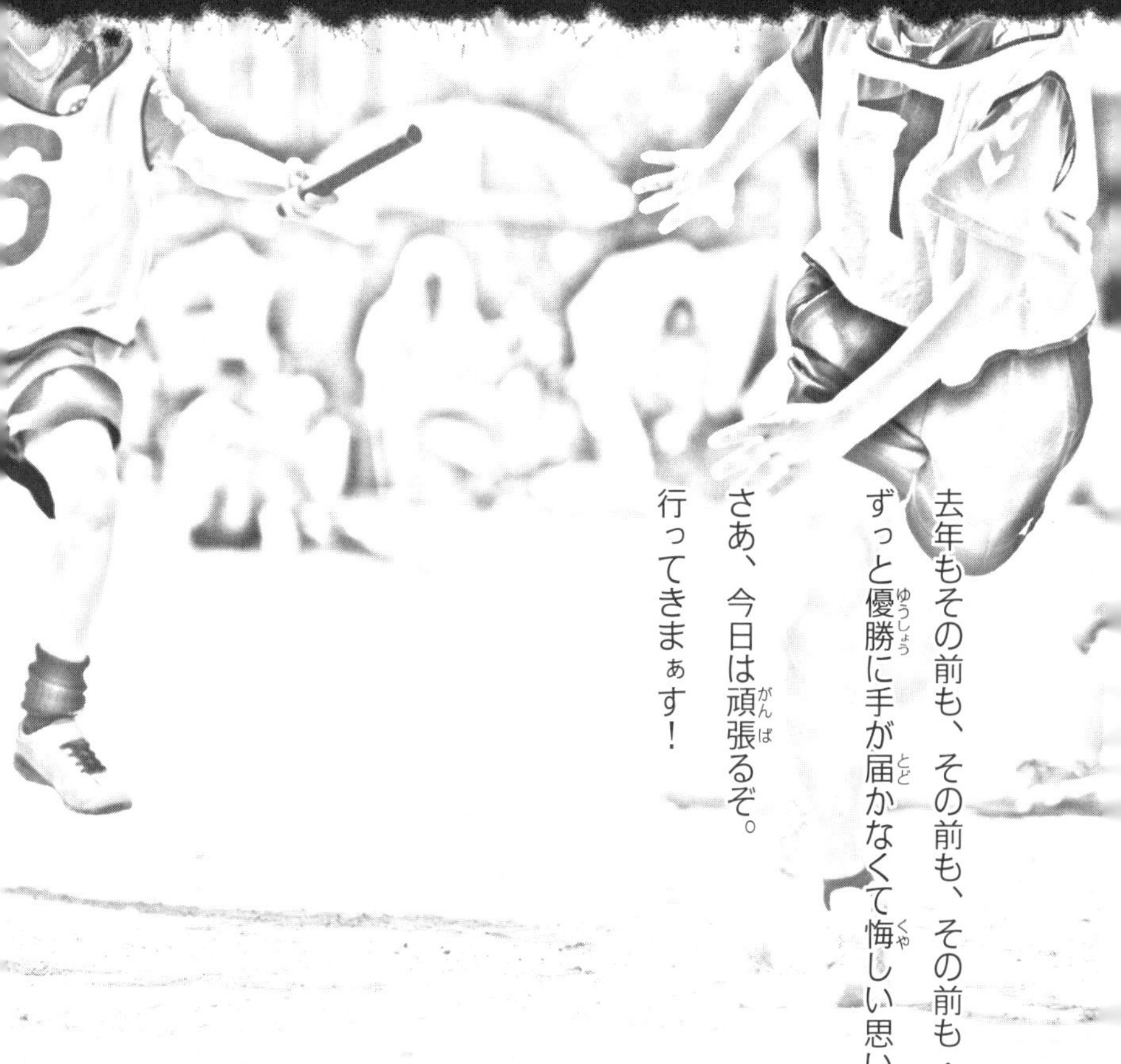

去年もその前も、その前も、その前も・・・。
ずっと優勝《ゆうしょう》に手が届《とど》かなくて悔《くや》しい思いをしてるんだもの。

さあ、今日は頑張《がんば》るぞ。
行ってきまぁす！

一年に一度開催《かいさい》される運動会。
小学生の彼女《かのじょ》が開催《かいさい》の花火の音を聞くのは六回よりも
多くなるはずはありません。
数年前の運動会の朝、彼女《かのじょ》は・・・。

図書室

普段《ふだん》は本屋さんでも見つけられないような本が並《なら》ぶ図書室。
そこは未知の世界へと導《みちび》いてくれる宝《たから》の山です。
さあ、どの本のページを開きますか？

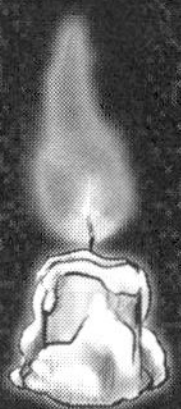

放課後、借りていた本を返却《へんきゃく》するために図書室へ寄《よ》った。

カウンターで司書《ししょ》の先生に本を返して、次は何を読もうかと書架《しょか》の間を歩き回る。

図書室は静かで、聞こえてくるのはグラウンドの運動部のかけ声。

並《なら》んでいる本を眺《なが》めながら奥《おく》の書架《しょか》へ移《うつ》ると、そこに一冊《いっさつ》の本を胸《むね》に抱《かか》えた女子生徒の姿《すがた》があった。

見かけない顔。他学年の生徒かな。

再《ふたた》び書架《しょか》に視線《しせん》を戻《もど》すと、背後《はいご》でバサリと音がした。

振《ふ》り返ると先ほどの女子生徒の姿《すがた》はなく、開いたままの本が一冊《いっさつ》床《ゆか》に落ちている。

これって、さっきの子が持ってた本？

拾《ひろ》い上げて棚《たな》に戻《もど》そうとすると、また本の落ちる音が。

バサリ、バサリ、バサッ・・・。

誰《だれ》も触《さわ》っていないのに、書架《しょか》から次々と本が落ちてくる。

え、これってどういうこと？


戸惑《とまど》っていると、後ろから肩《かた》を叩《たた》かれた。

飛び上がって振《ふ》り向くと、そこに立っていたのは司書《ししょ》の先生。

わたしが口を開くより先に、先生がこう言った。

「あの子はね、自分がいる時に他の人がここに入ってくるのを嫌《いや》がるのよ。ここだけがあの子の居場所《いばしょ》だったから」

そっと背中《せなか》を押《お》されて、わたしは黙《だま》って図書室を後にした。

誰《だれ》もいない図書室で一人静かに本を読む女子生徒。
その時間だけが彼女《かのじょ》の心休まる時だったのでしょう。
たとえ、自分の肉体がこの世から消え去《さ》ったとしても、
思いだけは強くその場所に残されているのです。
そこに他の人が入り込《こ》むことが許《ゆる》せないほどに。

露《ろ》天《てん》風《ぶ》呂《ろ》

大きな湯船にいっぱいのお湯。
日頃《ひごろ》の疲《つか》れを癒《いや》してくれるお風呂《ふろ》。
それが景色のいい露天風呂《ろてんぶろ》ともなれば最高ですね。

忙《いそが》しかった仕事がようやく落ち着いた。

一日仕事を考えないですむ休みなんて、何週間ぶりだろう。

自宅《じたく》から車で十五分のところにできた、新しいスーパー銭湯《せんとう》に行くことにした。

夜も遅《おそ》い時間なので、お客さんも少ない。

ここの売りは庭園風の中庭につくられた露天風呂《ろてんぶろ》。

ちょっと熱めのお湯に体を沈《しず》めて大きく息《いき》をはく。

火照《ほて》った顔にあたる風が気持ちいい。

これまでの疲《つか》れがお湯の中に溶《と》けていく気分。

しばらく露天風呂《ろてんぶろ》を楽しんでいると、急にお湯の温度が低くなってきたような気がした。

それに何だか妙《みょう》に圧迫感《あっぱくかん》がある。
おかしいな、この露天風呂《ろてんぶろ》にはわたしのほかに誰《だれ》もいないのに。

これ以上はだめだ。
体が芯《しん》から冷えてしまっている。
お湯から立ち上がると、まるで隣《となり》にいる誰《だれ》かにぶつかったような。
あわてて屋内へ戻《もど》ると湯船の中に飛び込《こ》んだ。
やっと体が温まってからフロントへ行き、事情《じじょう》を説明する。
話を聞いたスタッフはちょっと嫌《いや》そうな顔をしてから、わたしに向かって謝罪《しゃざい》した。

温泉《おんせん》やトイレ、お風呂《ふろ》場などの水場は霊《れい》を呼《よ》びやすい場所です。
露天風呂《ろてんぶろ》にも招《まね》かれざる客が来ていたのでしょう。
きっとこの場所で奇妙《きみょう》な体験をしたのは彼女《かのじょ》だけではないはずです。
事情《じじょう》を聞いたスタッフが嫌《いや》な顔をしたのは、それを知っていたからです。

アンティーク・ドール

古い時代につくられた「ビスク・ドール」と呼《よ》ばれる人形があります。
ドイツでつくられた陶器製《とうきせい》の頭部をもつ人形で、
今でもコレクターの間では大変な人気です。
特に百年以上が経過《けいか》した物は
「アンティーク・ドール」と呼《よ》ばれ珍重《ちんちょう》されています。

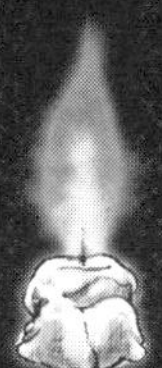

叔母《おば》は人形集めが趣味《しゅみ》だ。
ネットの操作《そうさ》を覚《おぼ》えてからは、海外のオークションなんかものぞいているらしい。
届《とど》いた人形はすべて、棚《たな》に並《なら》べられ、きれいに飾《かざ》られている。
一体一体に名前をつけ、まるで自分の子どものようだ。
そしてまた、新しい人形が。
「素敵《すてき》な人形が手に入ったのよ」
嬉《うれ》しそうにそう言って、叔母《おば》は箱に入ったそれを見せてくれた。
ピンクのフリルに包《つつ》まれた、幼《おさな》い顔をしたビスク・ドール。
叔母《おば》は新しい人形に夢中《むちゅう》で、特別に空けておいた特等席に座《すわ》らせた。
数日後、叔母《おば》の家を訪《たず》ねると特等席に座《すわ》っていた人形がいない。

どうしたのかと聞くと、複雑な表情《ひょうじょう》をしながら奥《おく》の部屋から人形の入れられた箱を持ってきた。

開けてみると、納《おさ》められた人形は陶器製《とうきせい》の顔がひび割《わ》れ、整えられていた巻毛《まきげ》もボサボサになっている。

叔母《おば》は悲しそうに人形の頭をなでながら説明してくれた。

人形を飾《かざ》り棚《だな》に置いた翌日《よくじつ》には、もうこうなっていたそうだ。

そして他の人形たちの顔が皆《みんな》、とても怒《おこ》っていたのだと。

問題の人形を箱にしまうと、人形たちの表情《ひょうじょう》は元に戻《もど》ったと言う。

「かわいそうだけど、この人形は飾《かざ》らないほうがいいみたい」

叔母《おば》の話を聞きながら、背中《せなか》に痛《いた》いほど人形たちの視線《しせん》を感じていた。

これまで愛情《あいじょう》を注《そそ》がれたことで、人形たちの中に魂《たましい》が宿《やど》ってしまったようです。

そのため新しい特別な人形を嫉妬《しっと》から攻撃《こうげき》したのです。

「物は物として扱《あつか》う」

これを忘《わす》れると大変なことになるのかもしれません。

お母さん

「お母さん」それは子どもにとって、特別な存在《そんざい》です。
優《やさ》しいお母さん、厳《きび》しいお母さん、怖《こわ》いお母さん・・・。
あなたのお母さんはどんなお母さんですか？

「ただいまー」

声をかけながら玄関《げんかん》のドアを開ける。

でも家の中からお母さんの声は聞こえない。

いつもなら「おかえり」ってお母さんの声が聞こえるはずなのに。

家の中に向かって何度か声をかけてみる。

するとようやく家の奥《おく》から返事が聞こえてきた。

「はーい、こっちよ」

きっと掃除《そうじ》でもしていたんだな。

ホッとして靴《くつ》を脱《ぬ》ごうとした。

「はーい、こっちよ」

今度は二階から声がする。

「お母さん？」

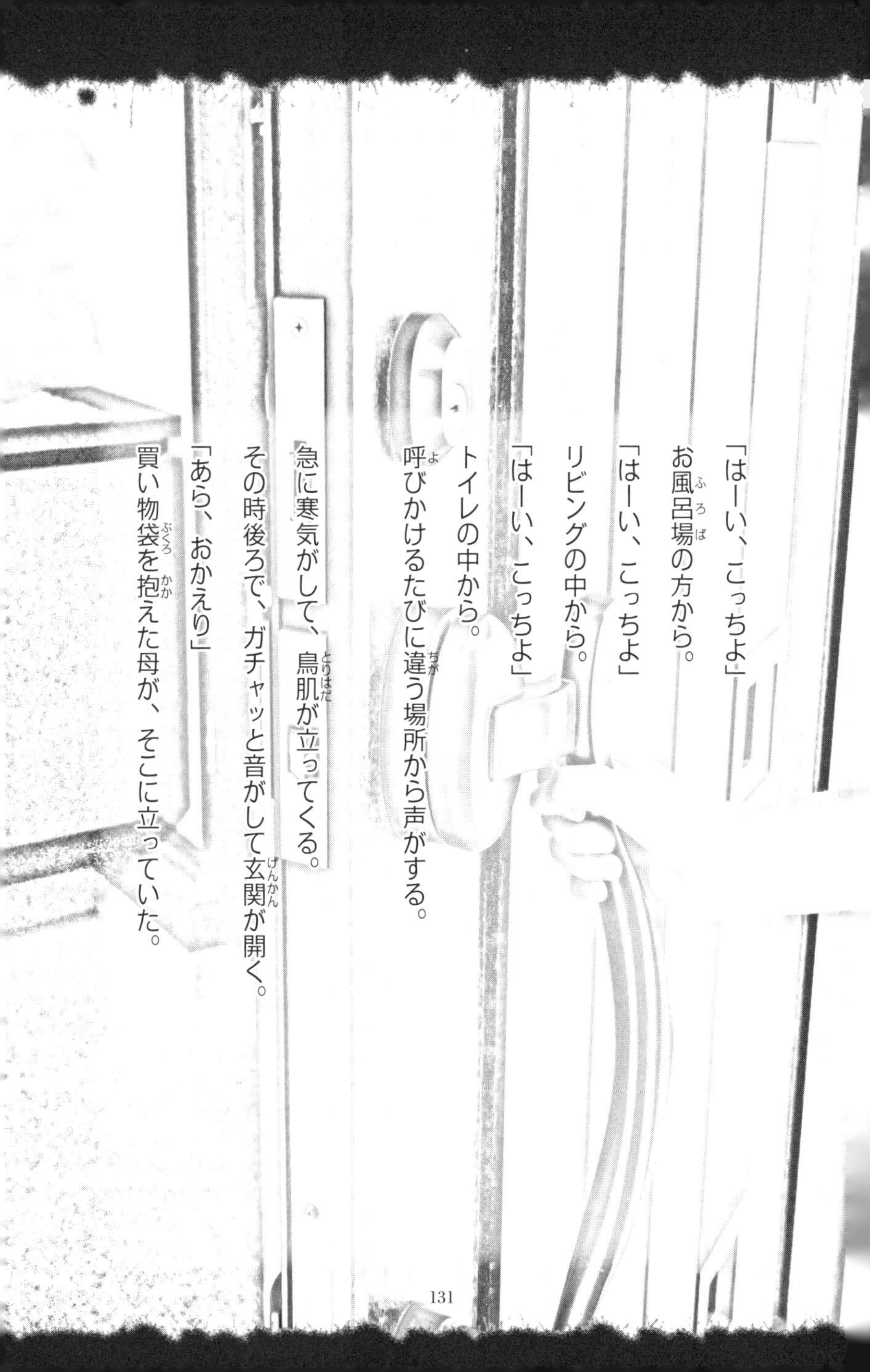

「はーい、こっちよ」

お風呂場《ふろば》の方から。

「はーい、こっちよ」

リビングの中から。

「はーい、こっちよ」

トイレの中から。

呼《よ》びかけるたびに違《ちが》う場所から声がする。

急に寒気がして、鳥肌《とりはだ》が立ってくる。

その時後ろで、ガチャッと音がして玄関《げんかん》が開く。

「あら、おかえり」

買い物袋《ぶくろ》を抱《かか》えた母が、そこに立っていた。

家に帰ってきた時、母親は買い物に出ていていませんでした。
では家の中のあちこちから返事をしたのは誰《だれ》なのでしょうか?
もしもこの子が声に誘《さそ》われて家の中に入り、声の主と対面していたら。
本当のお母さんとは二度と会えなくなっていたのかもしれません。

キッチンの窓《まど》

キッチンで料理をしていると、
熱がこもって暑くなってくることがあります。
そんな時、窓《まど》から入ってくる風はとても気持ちがいいものです。

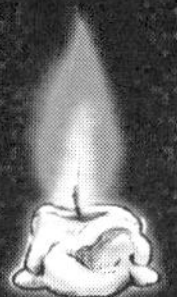

今夜は両親の帰りが遅《おそ》い。
空腹《くうふく》に負けて、自分で何かつくろうとキッチンへ向かった。
冷蔵庫《れいぞうこ》の中身を適当《てきとう》にあさって、自分のつくれる料理を考える。
フライパンを火にかけていると、部屋の中がむし暑くなってきた。
レンジ脇《わき》にある小窓《こまど》を開ける。
小窓《こまど》の下は裏庭《うらにわ》。さえぎるものがないので風が通る。
鼻歌《はなうた》交じりで料理をしていると、窓《まど》の外を人影《ひとかげ》が横切るのが見えた。

食事も終わり、シンクへ向かうと、また窓《まど》の外を横切る人影《ひとかげ》。
さて、もう少ししたらお風呂《ふろ》にでも入ろうかな。
三階にある自分の部屋に着替《きが》えを取りに行って、お風呂《ふろ》のある一階へ。

お風呂《ふろ》上がり、喉《のど》が渇《かわ》いて冷蔵庫《れいぞうこ》から飲み物を取り出しているとまた人影《ひとかげ》が横切るのが見えた。
そうそう、忘《わす》れずに窓《まど》を閉《し》めておかなくちゃ。
二階にキッチンがあると、ついこの小窓《こまど》を閉《し》めるの、忘《わす》れちゃうんだよね。

この家は三階建てで二階にダイニングキッチンのあるタイプです。
キッチンにある小窓《こまど》からそこを横切る人影《ひとかげ》が見えるはずはありません。
空中を歩ける人間なんて、いるはずがないんですから。
では小窓《こまど》の外を横切っていった人影《ひとかげ》は、どこから来て、どこへ行ったのでしょうか？

数学者の夢《ゆめ》（素数《そすう》）

わたしは数学が大の苦手《にがて》です。
数字を見ると、たちまち眠気《ねむけ》が・・・。
しかし世の中の数学好きと呼《よ》ばれる人たちには、
それはとても美しいものに見えるそうです。
その違《ちが》いはどこからくるのでしょうね？

彼《かれ》はこのところ、毎晩《まいばん》同じ夢《ゆめ》に苦しめられていた。
大学の研究室で素数《そすう》の研究をしている彼《かれ》は、ずっとそのことで悩《なや》んでいた。
夢《ゆめ》に出てくるのは必ず顔の見えない、真黒な影《かげ》。
その姿《すがた》はまるで童話に出てくる「悪魔《あくま》」のようだ。
影《かげ》は夢《ゆめ》の中にあらわれては、奇妙《きみょう》な詩《し》を口ずさんでいた。
彼《かれ》にはどうしてこのような夢《ゆめ》を見るのか、まったく心当たりがない。

夢《ゆめ》を見はじめて七日目。
テレビでは、大事故《だいじこ》のニュース速報《そくほう》が流れていた。
画面からでも、漂《ただよ》う煙《けむり》と焼け焦《こ》げた臭《にお》いが感じられそうだ。
彼《かれ》はその現場《げんば》で、かすかに残る意識《いしき》の中で夢《ゆめ》の意味を理解《りかい》した。

あの影《かげ》は、このことを予言していたのだ。

研究所の机《つくえ》から夢《ゆめ》を書きとめた一枚《まい》のメモ用紙が、窓《まど》から入る風で
床《ゆか》にすべり落ちた。

【雷《かみなり》が雨の雲を匂《にお》わせ
青い海辺《うみべ》の夜の闇《やみ》に打つ波は
白く静かに軒《のき》にせまり沖《おき》にもどる
色もなく】

「素数《そすう》」とは「1と自分以外の数字で割《わ》り切れない」存《そん》在《ざい》のこと。

【2・3・5・7・11・13・17・19・23・29・31・37・41・43・47・53】

メモの文章をひらがなにして数字をあてはめてみてください。

二文字目、三文字目、五文字目といった具合です。

浮《う》かび上がってくる文章は一体、何を告《つ》げていたのでしょうか。

付録

結末は…

あ〜誰《だれ》かを呪《のろ》いたいな〜
事故多発
呪《のろ》って呪《のろ》って最後は…ひひひ
おっちょうどいいところに
あの映画よかった？
期待《きたい》してた以上におもしろかったよ！
わたしも今度見に行こうかな
絶対《ぜったい》聞きたくない
結末《けつまつ》教えてあげようか
これからのお前の結末《けつまつ》はな…
も〜うるさい聞きたくない！
うふふ結末《けつまつ》はね〜

聞きたくなくても教えてやる
ウヘヘヘ
ヤダヤダ
ぶん
しつこいな！絶対《ぜったい》聞かない！
主人公は最後に〜
ウヒヒヒ
やだやだ！聞きたくない！
あっ！
だから〜結末《けつまつ》は〜
ダッ
いやお前の結末《けつまつ》は…
ちょっちょっと待って〜
こら〜！まて〜！
やだぁ〜っ
ダダダ
待てって…待って…くだ…さ…い…
ぜーぜー
お願い…聞いて…てば…

小野《おのの》篁《たかむら》

ご苦労さん
地獄《じごく》の役所
あっ小野篁《おののたかむら》さん！
いやぁー今日たくさん死んでて忙しくて
ん？
藤原高藤《ふじわらのたかふじ》？
ちょっとそのリスト見せて？
死亡台帳
藤原高藤
もちを食べ
申の刻
藤原《ふじわら》くんいい人なのに…
ポワワワ～ン
おもちはおいしいなぁ
藤原高藤《ふじわらのたかふじ》
お知合いっすか？
うん数少ない友人ってとこかな
はぁ

なんとかならないかな〜
うーーん
長官の許可《きょか》があれば…
ちょっと閻魔《えんま》長官に連絡《れんらく》してみてもらえない？
あっはい！かしこまりました〜
10分後ー
OKだそうです！でも誰《だれ》か代わりがいればって言ってました
はぁ、はぁ、
え〜別の誰《だれ》か？
そうだ！最近やたらと人気がある中納言《ちゅうなごん》にしよう！
キャー
中納言さま〜
中納言《ちゅうなごん》
名案《めいあん》〜!!
………

小野《おのの》篁《たかむら》

小野篁《おののたかむら》は、嵯峨天皇《さがてんのう》につかえた平安時代初期の官僚《かんりょう》ですが、閻魔王宮《えんまおうきゅう》の役人でもありました。昼は朝廷《ちょうてい》に出仕し、夜は冥《めい》界《かい》の閻魔庁《えんまちょう》で亡者《もうじゃ》の裁判官《さいばんかん》である閻魔大王《えんまだいおう》の補佐《ほさ》をつとめていたようです。そのため篁《たかむら》は、閻魔庁《えんまちょう》における第二の冥官《めいかん》であったと言われます。東宮学士などを経《へ》て参議という高い位にまでなった文武両道《ぶんぶりょうどう》に優《すぐ》れた人物でした。篁《たかむら》は自由きままな性格《せいかく》にもかかわらず、一方で自分の意志《いし》は曲げない一面も持っていました。遣唐副使《けんとうふくし》を任《にん》じられた際《さい》には、遣唐大使《けんとうたいし》の藤原常嗣《ふじわらのつねつぐ》のおこないに抗議《こうぎ》し、乗船を拒否《きょひ》したことから、嵯峨天皇《さがてんのう》の怒《いか》りを買い隠岐《おき》に流罪《るざい》になってしまいます。しかし才能豊《さいのうゆた》かな人材だったため、許《ゆる》され復官《ふくかん》し、その後も次々に要《よう》職《しょく》に抜擢《ばってき》されることになります。奇行《きこう》も多い人物ですが仕事もちゃんとこなしていたようです。官僚《かんりょう》としても冥官《めいかん》としても・・。

幽霊《ゆうれい》マンション

悪魔《あくま》

もうなにもかも嫌《いや》になっちゃった
はぁぁ
もうすぐこの娘《むすめ》の魂《たましい》もいただきだな
ふわ
ふわ
ちょっと！ここで何しているの⁉
!?
いやなにもただの観光《かんこう》ですよ〜
そんな風には見えないけど？
マークされてたの気づかなかった？
勝手なことすると困《こま》りますね。
いつから日本にいるの？
えっと
その〜
許可書《きょかしょ》は？

日本で悪魔《あくま》がダメでしょう仕事したら
しゅん…
はい
すみませんでした
明日向こうに帰ります
あっ
カバンの中の
魂《たましい》は置いてってってね
あっそれは
そんな〜…
ボワワ…
帰る前に
行きいところ
ある？
あーじゃー
浅草の雷門が
観《み》たいです…
JAPAN
じゃ〜仏《ほとけ》さん
案内よろしく

あとがき

「意味がわかるとゾッとする話　３分後の恐怖『まえぶれ』」の巻、いかがでしたでしょうか？

はじめまして、そしてお久しぶりでございます。

作者の橘 伊津姫です。

台風が毎週のようにやって来て、日本列島に大きな傷跡を残した令和元年の秋もようやく過ぎ去り、今年も残りわずかとなりました。

テレビで「年賀状の準備はお済みですか？」というＣＭを見て、季節の移り変わりの早さに驚いております。

さてさて、今回の「まえぶれ」は前巻の「おうまがとき」よりも少しだけ「怪談色」を強くしてみました。

こういった「怖い話」を書いていたり、読んでいたりするとよく「幽霊見えるの？」と聞かれたりします。

残念ながらわたしは俗に言う「零感（ぜろかん）」なので、幽霊を見たり、感じたりしたことはありません。

「霊感があれば原稿のネタには事欠かないだろうな」とは思ったりもしますが、実際に幽霊が見えていたらノン気に原稿を書いたりはしていないでしょうね。

なので「ここで○○が見えたら怖いだろうなぁ」「あの場所でこんな事が起きたら嫌だなぁ」と考えながら、みなさんの「身近にある恐怖」を探しつつ日々生活をしています。

この「まえぶれ」も、みなさんの生活のすぐ近くにある日常を舞台に考えて書き進めました。

願わくば、あなたのお気に入りの一話がこの本の中に見つかりますように。

本著を素敵なイラストで彩って下さったイラストレーターのみなさま、本当にありがとうございます。

そしてこの本を手に取ってくださったあなた！

あなたに最大級の感謝を！

またどこかでお目にかかれる日を楽しみにしております。

橘 伊津姫

著●橘 伊津姫（たちばな　いつき）
1971年3月生まれ。埼玉県在住。
県立鶴ヶ島高等学校（現・鶴ヶ島清風高等学校）卒業。
幼少期よりオカルト・ホラー・心霊写真などに興味を持ち、ネット上にてホラー小説を公開。スマホアプリ「peep」にてホラー作家として活動中。

装丁イラスト●虚月はる（こうづき　はる）
1999年生まれ、宮城県在住。
デザイン・芸術系専門学校に在学中のイラストレーター。
ダークカラーや青を基調とした仄暗く儚げな世界観のイラストを得意とし、ストーリー性を感じる作品づくりを目指している。

イラスト●下田麻美（しもだ　あさみ）
中央美術学園専門学校卒業後、フリーのイラストレーターとして活動。
最近では別名義シモダアサミとして漫画の執筆活動も行っている。
主な作品は双葉社「中学性日記」芳文社「あしながおねえさん」など。

意味がわかるとゾッとする話 3分後の恐怖《きょうふ》
『まえぶれ』

2020年1月　初版第1刷発行
2022年12月　初版第3刷発行

著　　者　　橘　伊津姫
発 行 者　　小安　宏幸
発 行 所　　株式会社　汐文社
東京都千代田区富士見1-6-1
富士見ビル1階　〒102-0071
電話03-6862-5200　FAX03-6862-5202
印　　刷　　新星社西川印刷株式会社
製　　本　　東京美術紙工協業組合

ISBN978-4-8113-2651-1　NDC387